ISLE OF MAN FILM, UK FILM COUNCIL AND ENTERTAINMENT FILM DISTRIBUTORS
PRESENT A SAMUELSON PRODUCTIONS AND VIP MEDIENFONDS 4 PRODUCTION IN ASSOCIATION WITH RISING STAR
SARAH BOLGER ROBBIE COLTRANE STEPHEN FRY DAMIAN LEWIS EWAN McGREGOR
BILL NIGHY SOPHIE OKONEDO ALEX PETTYFER MISSI PYLE ANDY SERKIS ALICIA SILVERSTONE
ASHLEY WALTERS AND MICKEY ROURKE "STORMBREAKER" ADDITIONAL MARTIAL ARTS SEQUENCES BY DONNIE YEN
CASTING DIRECTOR SARAH BIRD COSTUME DESIGNER JOHN BLOOMFIELD HAIR & MAKE-UP DESIGNER KIRSTIN CHALMERS ASSOCIATE PRODUCER JESSICA PARKER
LINE PRODUCER KEVAN VAN THOMPSON EDITOR ANDREW MACRITCHIE PRODUCTION DESIGNER RICKY EYRES DIRECTOR OF PHOTOGRAPHY CHRIS SEAGER, BSC
EXECUTIVE PRODUCERS HILARY DUGDALE NIGEL GREEN ANTHONY HOROWITZ ANDREAS SCHMID
SCREENPLAY BY ANTHONY HOROWITZ BASED ON HIS NOVEL PRODUCED BY MARC SAMUELSON PETER SAMUELSON
STEVE CHRISTIAN ANDREAS GROSCH DIRECTED BY GEOFFREY SAX

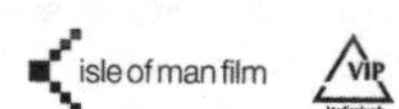

DOLBY Kodak Motion Picture Film

ANTHONY HOROWITZ

STORMBREAKER

Traducción de José Antonio Álvaro Garrido

EDAF
JUVENIL
ALEX RIDER
MADRID - MÉXICO - BUENOS AIRES - SAN JUAN - SANTIAGO - MIAMI
2006

Título del original: STORMBREAKER

Diseño de cubierta: Penguin Group (USA) y Walker Books Ltd.
Película: © MMVI Film & Entertainment VIP
Fotogramas: © MMVI Samuelsons / Isle of Man Film
Fotógrafo: Liam Daniel

Editorial Edaf, S. A.
Jorge Juan, 30. 28001 Madrid
http: / / www.edaf.net
edaf@edaf.net

Ediciones-Distribuciones Antonio Fossati, S. A. de C. V.
Sierra Nevada, 130
Colonia Lomas de Chapultepec
11000 México D. F.
edafmex@edaf.net

Edaf del Plata, S. A.
Chile, 222
1227 Buenos Aires, Argentina
edafdelplata@edaf.net

Edaf Antillas, Inc.
Av. J. T. Piñero, 1594 - Caparra Terrace (00921 - 1413)
San Juan, Puerto Rico
edafantillas@edaf.net

Edaf Antillas
247 S.E. First Street
Miami, FL 33131
edafantillas@edaf.net

Edaf Chile, S. A.
Huérfanos, 1178 - Of. 506
Santiago, Chile
edafchile@edaf.net

Septiembre 2006

Depósito legal: M. 38.215-2006
ISBN: 84-414-1811-X; 978-84-414-1811-0

PRINTED IN SPAIN IMPRESO EN ESPAÑA
Anzos, S. L. - Fuenlabrada (Madrid)

Para J, N, C y L

ÍNDICE

Págs.

Págs.

PRÓLOGO

POR si nunca has leído un libro de Alex Rider, lo que tienes en las manos es una «edición cinematográfica». Es decir, es exactamente igual que cualquier otra edición, excepto que tiene una nueva portada y ocho páginas de fotografías a todo color. Y esta introducción.

Mi editor me pidió que escribiera unas pocas palabras sobre la adaptación cinematográfica de *Stormbreaker*. Aquí están.

Creo que es bastante peligroso adaptar un libro de éxito a la pantalla. Imaginar algo cuando lo lees es incluso mejor que verlo cuando ha sido filmado. Cuando lees un libro, todo te pertenece. Durante años, no permití que nadie pintase siquiera un dibujo de Alex. Era tan solo una silueta negra con una linterna. Y ahora, de repente, es Alex Pettyfer. ¿Y qué ocurre con Sayle Enterprises, el MI6, Jack Starbright y Nadia Vole? ¿Son como los habías imaginado? ¿Me pregunto incluso si son como yo los había imaginado?

Pero, hoy en día, es difícil evitar las adaptaciones cinematográficas. ¡Lo cierto es que hay gente que dice que no se puede decir que un libro haya triunfado mientras no haya sido llevado a la pantalla! El problema es que, cuando tienes cuarenta millones de dólares para hacer una película, las cosas cambian. Los productores y los financiadores tienen exigencias que hacer. Os daréis cuenta, seguramente, de que hay cincuenta cosas en la película de *Stormbreaker* que son distintas al libro.

Vamos a ver: estoy muy contento con la adaptación cinematográfica. (He de estarlo, yo la escribí.) Hicimos muchos cambios porque eran necesarios y parecían, además, lo correcto, aunque espero que en ningún momento nos desviásemos mucho del espíritu del libro. Alex sigue siendo Alex. Sayle se mantiene, aunque su nombre de pila ha cambiado. ¿Hicimos bien? Yo creo que sí. Pero tú sacarás tus propias conclusiones.

En cualquier caso, aquí comenzó todo. Escribí este libro en el siglo pasado, en 1999. Ahora hay seis libros y, si la película de *Stormbreaker* es un éxito, no tardarán en rodar *Point Blanc*. Alex Rider puede convertirse, dentro de no mucho tiempo, en una industria, pero cobró forma como libro y espero que disfrutes leyéndolo tanto como yo disfruté escribiéndolos. Olvida la película por un instante. Cuando pases estas páginas, Alex Rider te va a pertenecer por completo.

VOCES FÚNEBRES

Cuando el timbre de la puerta suena a las tres de la madrugada, nunca es para nada bueno.

Alex Rider se despertó al primer timbrazo. Abrió los ojos parpadeando pero, durante un momento, se quedó completamente inmóvil en la cama, bocarriba, con la cabeza apoyada en la almohada. Escuchó cómo se abría la puerta de un dormitorio y un crujido de madera cuando alguien bajó las escaleras. El timbre sonó por segunda vez y entonces miró a la esfera luminosa del despertador que tenía al lado. Las 3.02 de la madrugada. Se escuchó un ruido, cuando alguien corrió la cadena de seguridad de la puerta delantera.

Se levantó de la cama y se acercó hasta la ventana abierta, con los pies desnudos pisando las alfombras. La luz de la luna se esparció sobre su pecho y espaldas. Alex tenía catorce años y ya estaba formado, con un cuerpo de atleta. Su pelo, corto, a excepción de dos mechones espesos que le caían sobre la frente, era rubio. Sus ojos eran oscuros y serios. Se quedó un momento en silencio, medio oculto entre las sombras, mientras observaba. Había un coche de policía aparcado en el exterior. Desde la ventana del segundo piso, Alex podía ver el número de identificación pintado en negro sobre el plato de las gorras de los dos hombres, parados ante la puerta. La luz del porche se encendió y, al mismo tiempo, la puerta se abrió.

—¿Es usted la señora Rider?

—No, soy el ama de llaves. ¿Qué ocurre? ¿Qué pasa?

—¿Es este el domicilio de Ian Rider?

—Sí.

—¿Nos permite pasar?

Y Alex comprendió. Lo supo por la forma en que se comportaban los policías, desasosegados e incómodos. Lo supo también por el tono de sus voces. Voces fúnebres... así las describiría tiempo después. La clase de voces que la gente emplea cuando viene a decirte que alguien cercano a ti ha muerto.

Se acercó a la puerta y la abrió. Pudo escuchar cómo los dos policías hablaban en el vestíbulo, pero solo le llegaban parte de las palabras.

—... un accidente de coche... llamaron a la ambulancia... cuidados intensivos... no se pudo hacer nada... lo siento.

Solo algunas horas más tarde, sentado en la cocina, observando cómo la luz gris de la mañana crecía lentamente sobre las calles del oeste de Londres,

Alex trató de encontrar algún sentido a lo que había pasado. Su tío, Ian Rider, estaba muerto. Mientras volvía a casa, su coche había sido embestido por un camión en la rotonda de Old Street y había muerto casi en el acto. Según la Policía, no llevaba puesto el cinturón de seguridad. De haber sido así, hubiera tenido alguna oportunidad.

Alex pensó en el hombre que había sido su único pariente desde que tenía uso de razón. Nunca había conocido a sus padres. Habían muerto en un accidente de aviación, a las pocas semanas de que naciese. Lo habían entregado en custodia al hermano de su padre (nunca «tío», ya que Ian Rider había odiado esa palabra) y había pasado la mayor parte de sus catorce años en el mismo chalé adosado de Chelsea, Londres, entre King's Road y el río. Pero solo en esos momentos Alex comprendió cuán poco sabía acerca de aquel hombre.

Un empleado bancario. La gente decía que Alex se parecía muchísimo a él. Ian Rider estaba siempre viajando. Un hombre tranquilo y reservado que amaba el buen vino, la música clásica y los libros. No parecía tener ningún tipo de pareja... ni tampoco ninguna clase de amigos. Se mantenía en forma, no fumaba y vestía ropa cara. Pero eso no era suficiente. Eso no era un retrato de toda una vida. No era más que un simple esbozo de la misma.

—¿Estás bien, Alex? —Acababa de entrar una joven en la estancia. Estaba cerca de la treintena, lucía una melena pelirroja y un rostro redondo e infantil. Jack Starbright era estadounidense. Había llegado a Londres en calidad de estudiante, siete años atrás, alquilado un cuarto en la casa —a cambio de hacer las labores menos pesadas del hogar y cuidar del niño— y se había convertido en ama de llaves, así como en una muy buena amiga de Alex. A veces, él se preguntaba si Jack sería diminutivo de Jackie. ¿O sería Jacqueline? Ninguno de esos nombres le pegaba y, aunque una vez se lo preguntó, ella no respondió.

Alex asintió.

—¿Qué crees que va a pasar? —preguntó.

—¿A qué te refieres?

—Qué va a pasar con la casa. Conmigo. Contigo.

—No lo sé —se encogió de hombros—. Supongo que Ian tendría testamento. Tiene que haber dejado algunas disposiciones.

—Quizá debiéramos mirar en su despacho.

—Sí. Pero no hoy, Alex. Cada cosa a su tiempo.

El despacho de Ian era una estancia que ocupaba toda la longitud de la casa, en la parte de arriba. Era la única habitación que estaba siempre cerrada; Alex había estado en ella solo tres veces en toda su vida y nunca solo. Cuando era más pequeño, había tejido fantasías acerca de que tenía que haber algo extraño allí dentro; una máquina del tiempo o un ovni. Pero no era más que un despacho con un escritorio, un par de archivadores, estanterías llenas de papeles y libros.

Asuntos bancarios, eso era lo que Ian decía. Aun así, Alex siempre quiso volver a entrar. Porque nunca lo dejaron.

—La Policía dijo que no llevaba el cinturón de seguridad —Alex se volvió para mirar a Jack.

Ella asintió.

—Sí. Es lo que han dicho.

—¿No te parece extraño? Ya sabes lo cuidadoso que era. Siempre se ponía el cinturón. No podía ni siquiera llevarme a la esquina sin obligarme a ponerme el mío.

Jack se lo pensó durante un momento, luego se encogió de hombros.

—Sí, resulta extraño —convino—. Pero tiene que haber ocurrido así. ¿Para qué iba a mentirnos la Policía?

Llegó el día. Alex no fue a la escuela, aunque, para sus adentros, hubiera preferido hacerlo. Le hubiera gustado poder regresar a la vida normal —el sonido de la campana, la multitud de rostros familiares— en vez de tener que estar sentado allí, atrapado dentro de la casa. Pero tenía que estar presente para recibir a los visitantes que fueron llegando a lo largo de toda la mañana y la tarde.

Había cinco. Un notario que no sabía nada del testamento, pero que parecía haber recibido el encargo de ocuparse del funeral. Un director de funeral recomendado por el notario. Un sacerdote —alto y entrado en años—, al que parecía desagradar que Alex no pareciese más desolado. Una vecina del otro lado de la calle... ¿cómo se habría enterado de que alguien había muerto? Y por último un hombre del banco.

—Todo el personal del Royal & General estamos profundamente impresionados —dijo. Rondaría los treinta y vestía un traje de poliéster, con corbata de Marks & Spencer. Tenía esa clase de rostro que uno olvida incluso mientras lo tiene delante, y se había presentado como Crawley, del departamento de Personal—. Pero si hay algo que podamos hacer...

—¿Qué va a pasar? —preguntó Alex por segunda vez en aquel mismo día.

—No tienes de qué preocuparte —dijo Crawley—. El banco se ocupará de todo. Ese es mi trabajo. Deja todo en mis manos.

El día pasó. Alex mató un par de horas de la tarde jugando con su Nintendo último modelo, y luego se sintió vagamente culpable cuando Jack lo sorprendió haciéndolo. ¿Pero en qué podía ocuparse? Más tarde, ella misma lo llevó a un Burger King. Se alegró de poder salir de la casa, pero apenas hablaron. Alex asumía que Jack tendría que volver a América. Desde luego, no se iba a quedar en Londres para siempre. ¿Quién velaría entonces por él? Según la ley, era aún demasiado joven para poder atender sus asuntos por sí mismo. Todo su futuro parecía tan incierto que prefería no hablar del mismo. Prefería no hablar de nada.

Luego llegó el día del funeral y Alex se encontró vestido con una chaqueta oscura, dispuesto a partir en un coche negro que había llegado de no sabía dónde, rodeado de gente a la que nunca había visto. Enterraron a Ian Rider en el cementerio de Brompton, en Fulham Road, justo a la sombra del campo del Chelsea, y Alex sabía dónde hubiera preferido estar esa tarde de miércoles. Habían acudido unas treinta personas, pero apenas pudo reconocer a ninguna. Habían abierto una tumba cerca del sendero que recorría toda la longitud del cementerio y, cuando comenzaron los servicios, apareció un Rolls-Royce negro, la puerta se abrió y un hombre descendió del mismo. Alex lo observó mientras de acercaba caminando y se detenía. Por encima de sus cabezas pasó un avión que realizaba maniobras de aterrizaje en Heathrow, ocultando momentáneamente el sol. Alex se estremeció. Había algo en aquel recién llegado que le ponía la piel de gallina.

Y, sin embargo, el hombre tenía un aspecto de lo más ordinario. Traje gris, pelo gris, labios grises y ojos grises. Su rostro era inexpresivo, los ojos tras las gafas cuadradas, color gris plomo, eran completamente vacíos. Puede que eso fuera lo que turbase a Alex. Quienquiera que fuese aquel hombre, parecía tener menos vida que ninguno de los presentes en el cementerio. Estuviesen debajo o sobre tierra.

Alguien golpeó en el hombro a Alex y se volvió para encontrarse con el señor Crawley, que se inclinaba sobre él.

—Ese es el señor Blunt —susurró el encargado de personal—. Es el presidente del banco.

Los ojos de Alex fueron desde el señor Blunt al Rolls-Royce. Dos hombres más habían llegado con él, uno de ellos el conductor. Vestían trajes idénticos y, pese a que no era un día especialmente luminoso, gafas de sol. Ambos contemplaban el funeral con rostros idénticamente sombríos. Alex pasó la mirada de ellos a Blunt y luego a la otra gente que había acudido al cementerio. ¿Habían conocido de verdad a Ian Rider? ¿Por qué nunca los había visto antes? ¿Y por qué encontraba tan difícil creer que alguno de ellos trabajase de verdad en un banco?

—... un buen hombre, un patriota. Lo echaremos de menos.

El sacerdote había terminado su alocución. Su discurso le había sonado extraño a Alex. ¿Patriota? Eso significaba que amaba a su país. Pero, hasta donde Alex sabía, Alex Rider apenas había dedicado tiempo a eso. Desde luego, nunca había enarbolado la Unión Jack[1]. Miró a su alrededor, esperando encontrar a Jack, pero en vez de eso vio cómo Blunt se le acercaba, contorneando con cuidado la tumba.

—Tú debes de ser Alex —el presidente era solo un poco más alto que él. De cerca, su piel se veía extrañamente irreal. Podría estar hecha de plástico—. Me llamo Alan Blunt —dijo—. Tu tío solía hablar con frecuencia de ti.

—Es curioso —replicó Alex—. Nunca lo mencionó a usted.

---

[1] Bandera británica. (*N. del T.*)

Los labios grises se curvaron por un instante.

—Lo echaremos de menos. Era un buen hombre.

—¿En qué era bueno? —preguntó Alex—. Nunca hablaba de su trabajo.

Crawley apareció de repente.

—Tu tío era el encargado de Finanzas Internacionales, Alex —dijo—. Era el responsable de nuestros departamentos en el extranjero. Debieras haberlo sabido.

—Sé que viajaba mucho —contestó Alex—. Y sé que era muy cuidadoso. También en cosas tales como los cinturones de seguridad.

—Bueno, por desgracia no fue lo suficiente cuidadoso —los ojos de Blunt, aumentados por los cristales de sus gafas, se posaron en los suyos propios y Alex, por un momento, se sintió analizado, como un insecto bajo el microscopio—. Espero verte de nuevo —prosiguió Blunt. Le golpeteó un lado del rostro con un dedo gris—. Sí... —luego se giró y regresó a su automóvil.

Ocurrió cuando entraba en el Rolls-Royce. El conductor se inclinó para abrir la puerta y entonces la chaqueta se le abrió, mostrando la camisa. Y no solo la camisa. Aquel hombre llevaba una pistolera de cuero con una pistola. Alex lo vio mientras el hombre, al comprender lo que había ocurrido, se enderezaba con rapidez y se ceñía la chaqueta al pecho. Blunt también lo había visto. Se volvió y miró de nuevo a Alex. Algo muy parecido a una emoción pasó por su rostro. Luego entró en el coche, la puerta se cerró y se fue.

Una pistola en un funeral. ¿Por qué? ¿Por qué iban los gerentes de un banco a llevar pistolas?

—Vámonos. —Jack apareció de repente a su lado—. Los cementerios me dan espanto.

—Sí. Y bastantes espantos hemos tenido ya —murmuró Alex.

Se fueron tranquilamente y regresaron a casa. El coche que los había llevado al funeral estaba aún aguardándolos, pero prefirieron dar un paseo. La caminata les llevó quince minutos. Cuando torcían la esquina de su calle, Alex se percató de que había un camión de mudanzas aparcado frente a su casa, con las palabras STRYKER & SON pintadas en el costado.

—¿Qué está haciendo...? —comenzó a decir.

En ese mismo momento, el vehículo partió a toda velocidad, con sus ruedas patinando sobre el asfalto.

Alex no dijo nada mientras Jack abría la puerta y entraban, pero mientras ella se dirigía a la cocina, a hacer té, miró rápidamente por toda la casa. Una carta que antes estaba sobre la mesa del vestíbulo ahora estaba en la alfombra. Una puerta medio abierta ahora estaba cerrada. Pequeños detalles, pero los ojos de Alex repararon en todo. Alguien había estado en la casa. Estaba casi seguro de ello.

Pero no tuvo la certeza hasta que fue a la planta de arriba. La puerta del despacho que siempre, siempre, estaba cerrada, ahora estaba abierta. Alex abrió y entró. La habitación estaba vacía. Ian Rider se había ido y todo lo suyo también. Los cajones del escritorio, los armarios, las estanterías... se habían llevado todo cuanto pudiera haberle dicho algo sobre el trabajo del muerto.

—¡Alex! —Jack lo estaba llamando desde abajo.

Alex echó un último vistazo a la habitación prohibida, preguntándose de nuevo sobre el hombre que una vez había trabajado allí. Luego cerró la puerta y bajó.

PARAÍSO DE AUTOMÓVILES

CON el Puente de Hammersmith justo delante, Alex abandonó el río e hizo girar la bici en el semáforo, bajando por la colina hacia la escuela de Brookland. La bicicleta era una Condor Junior Roadracer, especialmente fabricada para él cuando cumplió doce años. Era una bicicleta de adolescente con un chasis liviano Reynolds 513, pero las ruedas eran de tamaño profesional, por lo que podía alcanzar una gran velocidad con muy poco esfuerzo. Sorteó un Mini y cruzó las puertas del colegio. Iba a sentir el día en que, al crecer, tuviese que abandonar la bici. Había sido casi parte de él durante dos años.

Le echó una doble vuelta de cadena en el cobertizo y se dirigió al patio. Brookland era una construcción nueva de ladrillo rojo y cristal, moderna y fea. Alex podría haber asistido a cualquiera de los excelentes colegios privados de Chelsea, pero Ian Rider había decidido enviarlo allí. Le había dicho que eso resultaría un desafío.

La primera lección del día era de matemáticas. Cuando Alex entró en clase, el profesor, el señor Donovan, ya estaba garabateando una complicada ecuación en la pizarra. Hacía calor en la sala, con la luz del sol entrando por una cristalera, que iba de suelo a techo, obra de unos arquitectos que deberían haber pensado mejor las cosas. Alex, al sentarse en su asiento, cerca del fondo de la clase, se preguntó cómo iba a soportar la lección. ¿Cómo pensar en álgebra cuando tenía tantas preguntas martilleándole en la cabeza?

La pistola en el funeral. La forma en que Blunt lo había mirado. La furgoneta con el letrero STRYKER & SON pintado en el costado. El despacho vacío. Y la mayor pregunta de todas, el único detalle que no se le iba de la cabeza. El cinturón de seguridad. Ian Rider no llevaba puesto el cinturón de seguridad.

Pero, por supuesto, sí lo llevaba.

Ian Rider nunca había sido de los que adoctrinaban. Siempre le había dicho a Alex que tenía que sacar sus propias conclusiones sobre las cosas. Pero él había tenido aquella manía con los cinturones de seguridad. Cuantas más vueltas le daba Alex al asunto, menos se lo creía. Un choque en una rotonda. De repente, sintió deseos de ver el coche. Los restos le indicarían, al menos, que el accidente había sucedido de verdad, que Ian Rider había muerto así.

—¿Alex?

Alex alzó la cabeza y se dio cuenta de que todo el mundo lo estaba mirando. El señor Donovan le acababa de preguntar algo. Ojeó con rapidez la pizarra, asimilando las operaciones.

—Sí, señor —dijo—, x es igual a siete e y a quince.

El profesor de matemáticas suspiró.

—Sí, Alex. Tienes toda la razón. Pero lo cierto es que lo que te acabo de pedir es que abras la ventana.

De alguna manera, se las arregló para sobrevivir el resto del día, pero cuando por fin sonó la campana de salida, había tomado una decisión. Mientras todo el mundo se dirigía fuera, él se encaminó hacia el despacho de la secretaria y pidió prestadas unas guías telefónicas.

—¿Qué buscas? —le preguntó la secretaria. Jane Bedfordshire era una joven en la veintena, y siempre había sentido afecto por Alex.

—Chatarrerías... —Alex pasó las páginas—. Si un coche se estrella cerca de Old Street, lo llevarán a alguna próxima, ¿no?

—Supongo que sí.

—Aquí... —Alex había encontrado una lista bajo el nombre de «desguaces de coches». Pero había docenas de ellos, tratando de llamar su atención en cuatro páginas.

—¿Es para un trabajo de la escuela? —le preguntó la secretaria. Sabía que Alex había perdido un pariente, pero no sabía cómo.

—Algo así... —Alex estaba leyendo direcciones, pero no le decían nada.

—Esta está cerca de Old Street. —La señorita Bedfordshire señaló a la esquina de la página.

—¡Un momento! —Alex tiró del libro y leyó el anuncio situado debajo del que le había señalado la secretaria.

J. B. STRYKER

El paraíso de los coches

J. B. Stryker, Desguaces
Lambeth Walk, LONDRES
Tel.: 020 7123 5392

¡Llámenos sin compromiso!

—Eso está en Vauxhall —dijo la señorita Bedfordshire—. No está muy lejos de aquí.

—Ya lo sé —Alex había reconocido el nombre. J. B. Stryker. Recordó la furgoneta que había visto en el exterior de su casa, el día del funeral. STRYKER & SON. Pudiera ser una coincidencia, claro, pero era algo por lo que comenzar. Cerró el libro—. Hasta luego, señorita Bedfordshire.

—Ten cuidado al salir —la secretaria observó cómo se iba Alex, preguntándose por qué había dicho eso. Puede que debido a sus ojos. Oscuros y serios, con algo peligroso en su interior. Luego sonó el teléfono y lo olvidó para volver al trabajo.

El desguace de J. B. Stryker era un cuadrado baldío detrás de las vías que salen de la Estación de Waterloo. Todo el lugar estaba vallado con un muro alto de ladrillo, rematado con cristales rotos y alambre de espinas. Había dos puertas de madera abiertas y, desde el otro lado de la carretera, Alex pudo ver una caseta con un cristal de seguridad y, más allá, pilas tambaleantes de coches muertos y destrozados. Les habían quitado cualquier elemento de valor y solo quedaban las carcasas herrumbrosas, amontonadas unas encima de otras, esperando el momento de ser aplastadas.

Había un guardia sentado junto a la caseta, leyendo el *Sun*. Más lejos, una grúa cobró vida con estruendo para abatirse sobre un maltratado Ford Mondeo. Sus garras de metal entraron a través de las ventanillas para izarlo y llevárselo. Sonó un teléfono dentro de la caseta y el guarda entró para contestar. Eso fue suficiente para Alex. Sujetando su bici y haciéndola rodar al costado, se apresuró a cruzar las puertas.

Se encontró rodeado de restos y suciedad. El aire olía a diésel y el bramido de las máquinas resultaba ensordecedor. Alex aguardó a que la grúa se abatiese sobre otro coche, para alzarlo en su abrazo metálico y depositarlo en un triturador. Durante un instante, el coche reposó sobre dos plataformas. Luego estas se alzaron para colocar el coche sobre un gran receptáculo. El operario —sentado en una cabina de cristal, al otro lado del triturador— apretó un botón y se produjo una gran humareda negra. Las plataformas se cerraron sobre el coche como un monstruoso insecto que doblase las alas. Se produjo un sonido de aplastamiento, mientras el coche era reducido a un tamaño no mayor de una alfombra enrollada. Luego el operario tiró de una palanca y el coche fue despedazado, como pasta de dientes, por una cuchilla oculta. Las tiras cayeron al suelo.

Tras dejar la bicicleta apoyada contra el muro, Alex se adentró corriendo en el solar, ocultándose detrás de los restos. Era imposible que alguien pudiese oírlo entre el estruendo de la maquinaria, pero seguía teniendo miedo de que lo viesen. Se detuvo para recuperar el aliento, al tiempo que pasaba una mano mugrienta por su rostro. Los ojos le lagrimeaban por culpa de los humos del diésel. El aire estaba tan sucio como el suelo.

Estaba comenzando a lamentar haber entrado cuando lo vio. Ahí estaba el BMW de su tío, aparcado a unos metros y separado del resto de coches. Al primer vistazo parecía completamente intacto, sin un solo arañazo en su pintura plateada. Desde luego, era imposible que ese coche hubiese sufrido una colisión fatal, ni con un camión ni con nada. Y, sin embargo, era el coche de su tío. Alex reconoció la matrícula. Se apresuró a acercarse aún más, y fue entonces cuando vio que sí que había sufrido desperfectos, después de todo. El parabrisas estaba roto, así como una de las ventanillas. Alex contorneó el capó. Llegó al otro lado. Y se quedó paralizado.

Ian Rider no había muerto en ningún accidente. Era fácil de ver lo que lo había matado, incluso para alguien que nunca había presenciado algo similar.

Una ráfaga de balas había impactado en el coche, en el lado del conductor, reventando el neumático delantero para romper luego el parabrisas y la ventanilla, y destrozar los paneles laterales. Alex deslizó los dedos por los agujeros. Sentía el frío del metal contra su carne. Abrió la puerta y miró en el interior. Los asientos delanteros, de cuero gris pálido, estaban cubiertos de trozos de cristal y manchados de algo marrón oscuro. No necesitaba preguntar a nadie para saber de qué eran esas manchas. Podía verlo todo. El fogonazo de la metralleta, las balas impactando contra el coche, Ian Rider alcanzado en el asiento del conductor.

¿Por qué? ¿Por qué matar a un gerente de banco? ¿Y por qué habían ocultado el asesinato? La Policía les había dado la noticia, así que tenían que estar implicados. ¿Habían mentido deliberadamente? Nada tenía sentido.

—Tenías que haberte ocupado de esto hace dos días. Hazlo ya.

Las máquinas debían de haberse detenido por un momento. De no mediar esa súbita calma, Alex nunca hubiera oído a aquellos hombres aproximarse. Miró con rapidez más allá del volante, hacia el otro lado. Eran dos, ambos vestidos con abrigos holgados. Alex tuvo la sensación de haberlos visto antes. En el funeral. Uno de ellos era el chófer, el hombre de la pistola. Estaba seguro.

Fueran quienes fuesen, estaban solo a unos pasos del coche, hablando en voz baja. Unos cuantos pasos más y los tendría encima. Sin pensárselo, Alex se lanzó al único escondite posible, dentro del mismo automóvil. Enganchó la puerta con el pie y la cerró. Al mismo tiempo se percató de que las máquinas habían retomado su actividad y que ya no podía escuchar a los hombres. No se atrevió a mirar. Una sombra cayó sobre la ventana cuando pasaron los dos hombres. Pero luego se fueron. Estaba a salvo.

Y entonces algo impactó contra el BMW, con tanta fuerza que Alex gritó; su cuerpo fue sacudido por una gran onda de choque que lo lanzó desde el volante hacia la parte trasera, impotente. Al mismo tiempo, el techo se hundió y tres inmensas uñas metálicas rasgaron la carrocería del automóvil como un tenedor una cáscara de huevo, arrastrando polvo y luz. Una de las uñas pasó rozando su cabeza; un poco más y le hubiera destrozado la cabeza. Alex aulló cuando la sangre le corrió sobre el ojo. Trató de moverse, pero fue lanzado hacia atrás por segunda vez, cuando el coche se vio arrancado del suelo para quedar suspendido en el aire.

No podía ver. No podía moverse. Pero el estómago le dio un vuelco cuando el coche trazó un arco, el metal chirriando y la luz girando. Lo habían agarrado con la grúa. Lo iban a echar al triturador. Con él dentro.

Tratό de incorporarse, de salir por las ventanillas. Pero la garra de la grúa ya había aplastado el techo, atrapando su pierna izquierda, puede que rompiéndosela. No podía sentir nada. Alzó una mano y se las arregló para golpear la ventanilla trasera, pero no pudo romper el cristal y, aunque los trabajadores estuviesen mirando al BMW, no hubieran podido ver nada moviéndose en el interior.

Su corto vuelo sobre el desguace finalizó con un golpetazo que le sacudió todos los huesos, cuando la grúa depositó el coche sobre las repisas de hierro del triturador. Alex trató de alejar su revulsión y desesperación y pensar qué podía hacer. Había visto cómo desguazaban un coche solo unos pocos minutos antes. En cualquier momento, el operario podría enviar al coche a la oquedad con forma de ataúd. La máquina era una Lefort Shear, una guillotina de movimiento lento. Al apretar un botón, las dos alas se cerrarían sobre el coche con una presión de quinientas toneladas. El coche, con Alex en el interior, quedaría tan aplastado que resultaría irreconocible. El metal roto —y la carne— sería troceado entonces. Nadie llegaría a saber qué había ocurrido.

Trató de liberarse con todas sus fuerzas. Pero el techo estaba demasiado bajo. Su pierna y parte de su espalda estaban atrapadas. Luego, todo el mundo pareció parpadear y sintió cómo se hundía en las tinieblas. Las repisas se habían cerrado. El BMW se deslizó hacia un lado y cayó unos pocos metros dentro de la oquedad. Alex sintió cómo el metal colapsaba a su alrededor. La ventanilla trasera explotó y los cristales llovieron sobre su cabeza, mientras el polvo y el humo del diésel penetraban en su nariz y sus ojos. Ya casi no se veía la luz del sol pero, al mirar hacia atrás, pudo ver la inmensa cabeza metálica del pistón que empujaría lo que quedase del coche hacia el agujero de salida, en el otro extremo.

El tono del motor de la Lefort Shear cambió, como si se preparase para el acto final. Las alas de metal se estremecieron. En unos pocos segundos se encontrarían aplastando el BMW como una bolsa de papel.

Alex tiró con todas sus fuerzas y descubrió atónito que liberaba la pierna. Le llevó tal vez un segundo —un precioso segundo— descubrir qué había pasado. Cuando el coche cayó en el agujero, aterrizó del lado. El techo se había arrugado de nuevo... lo bastante como para liberarlo. Sus manos escarbaron en la puerta, pero, por supuesto, fue en balde. Las puertas estaban atoradas. Jamás se abrirían. ¡La ventana trasera! Al haber perdido el cristal, podía reptar a través de la abertura, a condición de que se moviese con rapidez...

Las alas comenzaron a moverse. El BMW rechinó mientras dos muros de acero sólido lo aplastaban de forma inmisericorde. Uno de los ejes de las ruedas saltó con el sonido de un trueno. La negrura se incrementó. Alex se agarró con fuerza a lo que quedaba del asiento trasero. Delante de él podía ver un simple triángulo de luz que se estrechaba a gran velocidad. Se lanzó hacia delante con todas sus fuerzas, hallando una especie de asidero en la palanca de cambios. Podía sentir el peso de las dos paredes presionando contra él. Tras él, el coche ya no era tal, sino el puño de un monstruo espantoso que agarraba al insecto en que se había convertido.

Sus hombros pasaron a través del triángulo, hacia la luz. Pero sus piernas aún estaban dentro. Si las piernas se le enganchaban en algo, quedaría partido en dos. Alex aulló en voz alta y tiró con las rodillas. Liberó las piernas, luego los pies, pero en el último momento el zapato se le escapó por el triángulo menguante y desapareció de vuelta al coche. Alex creyó oír el sonido del cuero triturado, pero eso era imposible. Aferrándose a la superficie negra y aceitosa de la plataforma de observación, situada al fondo de la trituradora, consiguió arrastrarse hasta salir y se incorporó.

Se encontró cara a cara con un hombre tan gordo que apenas cabía en la pequeña cabina de la trituradora. La tripa del hombre estaba apretada contra el cristal, sus hombros encajados en las esquinas. Un cigarrillo quedó colgando de su labio inferior cuando la boca se le abrió y los ojos se le desorbitaron. Tenía enfrente a un chico vestido con los harapos de lo que fuese un uniforme de colegio. Había perdido una manga entera y, manchada de sangre y aceite, le colgaba de la muñeca. Para cuando el operador consiguió asimilar eso, recobrar el control y apagar la máquina, Alex ya se había ido.

Se descolgó por el costado de la trituradora para aterrizar sobre el pie que aún calzaba zapato. Se percató ahora de los trozos de metal seccionado dispersos por todas partes. Si no tenía cuidado, se iba a cortar el pie descalzo. Su bicicleta estaba donde la había dejado, recostada contra el muro, y con cuidado, casi a la pata coja, se acercó a ella. A sus espaldas, escuchó cómo se abría la cabina de la trituradora y las voces del operario, que estaba dando la alarma. Al mismo tiempo, un hombre llegó corriendo hasta Alex y su bicicleta. Se trataba del chófer, el hombre que había visto en el funeral. Su rostro, contorsionado por un ceño hostil, era particularmente feo; cabello grasiento, ojos acuosos, piel pálida y sin vida.

—¡Pero qué te has creído que...! —comenzó a decir. Echó la mano al interior de la chaqueta. Alex recordó el arma y al instante, sin pensar, entró en acción.

Llevaba practicando kárate desde que tenía seis años. Una tarde, sin mayores explicaciones, Ian Rider lo había llevado a un club local para que recibiese su primera lección y, desde entonces, había estado asistiendo una vez a la semana. A lo largo de los años había pasado por varios *kyu,* grados de practicante. Pero hasta el año antes no había alcanzado un cinturón negro, primer dan. Cuando había llegado a la escuela Brookland, su aspecto y acento habían llamado con rapidez la atención de los matones de la escuela: tres chicos grandotes de dieciséis años. Lo habían acorralado una vez tras el cobertizo de las bicicletas. El enfrentamiento había durado menos de un minuto y, tras eso, uno de los matones había abandonado la escuela, en tanto que los otros dos no habían vuelto a darle ningún problema.

Ahora, Alex lanzó una pierna, al tiempo que giraba el cuerpo y soltaba un golpe como un latigazo. La patada con el talón —*Ushiro-geri*— se considera como la más letal en kárate. Su pie se hundió en el abdomen del hombre, con tanta fuerza que este no tuvo tiempo ni de gritar. Los ojos se le desorbitaron y la boca se le abrió a medias con la sorpresa. Luego, con la mano aún a medio camino en la chaqueta, se derrumbó.

Alex saltó por encima de él, agarró la bici y brincó sobre el sillín. A lo lejos, un tercer hombre llegaba a la carrera. Escuchó una única palabra, «alto». Luego se escuchó un estampido y una bala pasó silbando. Alex se aferró al manillar y pedaleó tan rápido como pudo. La bicicleta saltó hacia delante, sobre los escombros, para cruzar las puertas. Echó una mirada por encima del hombro. Nadie lo había seguido.

Con un pie calzado y el otro descalzo, las ropas hechas jirones y el cuerpo salpicado de sangre y aceite, Alex era consciente de que debía de ofrecer una imagen extraña. Pero luego pensó de nuevo en los últimos segundos pasados dentro del triturador y suspiró aliviado. Hubiera podido tener muchísimo peor aspecto.

ROYAL & GENERAL

Lo llamaron del banco al día siguiente.

—Soy John Crawley. ¿Me recuerdas? Jefe de personal de Royal & General. Me preguntaba si podrías visitarnos.

—¿Visitarlos? —Alex, a medio vestir, ya llegaba tarde al colegio.

—Esta tarde. Hemos encontrado algunos documentos de tu tío. Tenemos que hablar contigo... sobre tu nueva situación.

¿Había algo ligeramente amenazador en la voz de aquel hombre?

—¿A qué hora esta tarde? —preguntó Alex.

—¿Podría ser a las cuatro y media? Estamos en Liverpool Street. Podemos mandarte un taxi...

—Allí estaré —repuso Alex—. Iré en metro.

Colgó.

—¿Quién era? —preguntó Jack desde la cocina. Estaba haciendo el desayuno de los dos, aunque cada vez estaba más preocupada por el tiempo que podría permanecer con Alex. No le habían pagado el sueldo. Disponía solo de su propio dinero para comprar comida y pagar los gastos corrientes de la casa. Aún peor, tenía el visado a punto de expirar. Quedaba muy poco tiempo para que no la dejasen siquiera permanecer en el país.

—Era del banco —Alex entró en la habitación con su uniforme de repuesto. No había contado nada de lo ocurrido en la chatarrería. Ni siquiera le había contado lo del despacho vacío. Jack tenía bastante con sus problemas—. Iré esta tarde —dijo.

—¿Quieres que te acompañe?

—No. Voy solo.

Salió de la estación de metro de Liverpool Street justo después de las cuatro y cuarto de la tarde, vistiendo aún su uniforme de colegio: chaqueta azul marino, pantalones grises y corbata a rayas. No le costó encontrar el banco. El Royal & General ocupaba un edificio alto y de aspecto antiguo con la Unión Jack agitándose en un mástil situado en el piso quince. Había una placa de bronce junto a la puerta principal, y una cámara de seguridad que giraba con lentitud, enfocando a la calle.

Alex se detuvo enfrente. Por un momento, se preguntó si no era un error acudir. Si el banco había sido responsable, en alguna medida, de la muerte de Ian Rider, puede que lo hubiesen llamado para ocuparse también de él. No. El banco no podía matarlo. Ni siquiera tenía cuenta corriente en él. Entró.

En una oficina de la planta decimoséptima, la imagen de la pantalla de seguridad parpadeó para cambiar, cuando la cámara de calle n.º 1 dio paso a las cámaras de recepción 2 y 3, y Alex pasó desde el resplandor callejero al sombreado frescor del interior.

—Aquí está —musitó el presidente del banco.

—¿Ese es el chico? —Su interlocutor era una mujer de mediana edad. Tenía una cabeza extraña, con forma de patata, y su pelo negro parecía haber sido cortado con unas tijeras embotadas y le hubiesen dado forma con un tazón. Sus ojos eran también casi negros. Estaba vestida con un severo traje gris y en esos momentos chupaba un caramelo de menta—. ¿Está seguro de lo que hace, Alan? —preguntó.

Alan Blunt cabeceó.

—Sí. Completamente seguro. ¿Sabe lo que tiene que hacer?

Esta última pregunta iba dirigida a su chófer, que estaba de pie, con aspecto de sentirse incómodo, ligeramente encorvado. Su rostro parecía de cera. Estaba así desde que había intentado detener a Alex en la chatarrería.

—Sí, señor —repuso.

—Entonces, adelante —dijo Blunt. Sus ojos no abandonaron en ningún momento la pantalla.

Alex había preguntado en recepción por John Crawley y ahora estaba sentado en un sofá de cuero, preguntándose de pasada por qué había tan poca gente. La zona de recepción era amplia y ventilada, con suelos de mármol marrón, tres ascensores en uno de los lados y, sobre el escritorio, una hilera de relojes que mostraban la hora en cada gran ciudad del mundo. Pero podría haber sido la entrada a casi cualquier cosa. Un hospital. Una sala de conciertos. Incluso un crucero. El lugar no tenía identidad propia.

Uno de los ascensores se abrió y apareció Crawley con su traje de siempre, pero con una corbata distinta.

—Siento haberte hecho esperar, Alex —dijo—. ¿Has venido directamente desde el colegio?

Alex se incorporó, aunque no dijo nada, dejando que su uniforme respondiese a la pregunta del hombre.

—Vamos a mi oficina —ordenó Crawley. Hizo un gesto—. Subiremos en el ascensor.

Alex no se percató de la cuarta cámara situada en el interior del ascensor, ya que esta se hallaba oculta tras el espejo doble que cubría la pared del fondo. Tampoco reparó en el intensificador térmico situado junto a la cámara. Pero esta segunda máquina lo enfocó y examinó mientras estaba parado, convirtiéndolo en una masa pulsante de diferentes colores, ninguno de los cuales mostraba el frío acero de una pistola o un cuchillo ocultos. En menos del tiempo necesario para que Alex parpadease, la máquina había pasado su información a un ordenador que, al instante, la evaluó y envió su propia señal a los circuitos que controlaban el ascensor. *Todo en orden. Está desarmado. Siga hasta la planta decimoquinta.*

—¡Aquí estamos!

Crawley sonrió y guio a Alex por un largo pasillo de suelo de madera, sin alfombras, e iluminación moderna. Una serie de puertas se veían salpicadas por pinturas enmarcadas; cuadros abstractos de colores brillantes.

—Mi oficina está aquí —Crawley le señaló el camino.

Habían pasado ya tres puertas cuando Alex se detuvo. Cada puerta tenía una placa con el nombre y reconoció uno de estos; 1504: Ian Rider. Letras blancas sobre plástico negro.

Crawley asintió con tristeza.

—Sí. Aquí trabajaba tu tío. Lo echaremos mucho de menos.

—¿Podría entrar? —preguntó Alex.

Crawley pareció cogido por sorpresa.

—¿Para qué quieres hacerlo?

—Me gustaría ver el lugar en el que trabajaba.

—Lo siento —suspiró Crawley—. Han debido cerrar la puerta y yo no tengo la llave. Otro día, tal vez —hizo de nuevo un gesto. Empleaba las manos como un prestidigitador, como si fuese a sacar un mazo de cartas—. Tengo la oficina en la puerta siguiente. Justo aquí.

Entraron en la 1505. Se trataba de una habitación grande, cuadrada, con tres ventanas que miraban a la estación. Se produjo un agitar de rojo y azul en el exterior, y Alex recordó la bandera que había visto.

El mástil estaba justo junto a la oficina de Crawley. Dentro había un escritorio y una silla, un par de sofás, una nevera en la esquina y en el muro un par de láminas. Una aburrida oficina de ejecutivo. Perfecta para un ejecutivo aburrido.

—Siéntate, Alex, por favor —dijo Crawley. Se dirigió al frigorífico—. ¿Quieres beber algo?

—¿Tiene refresco de cola?

—Sí. —Crawley abrió una lata y rellenó un vaso, antes de acercárselo a Alex—. ¿Hielo?

—No, gracias —Alex tomó un sorbo. No era Coca-Cola. Ni Pepsi. Reconoció el gusto excesivamente dulce y ligeramente empalagoso de la cola de supermercado, y deseó haber pedido agua—. ¿De qué quería hablar conmigo?

—Del testamento de tu tío…

El teléfono sonó y, con otro ademán, esta vez de excusa, Crawley respondió. Habló unos pocos momentos antes de colgar.

—Lo siento, Alex. Tengo que volver a recepción. ¿Te importa?

—Adelante —Alex se sentó en el sofá.

—Vuelvo en cinco minutos —con un cabeceo final de disculpa, Crawley se fue.

Alex esperó unos segundos. Luego vertió la cola en un tiesto y se levantó. Cruzó la puerta y volvió al pasillo. Al fondo, pasó una mujer cargada con una pila de papeles y luego desapareció por una puerta. No había ni rastro de Crawley. Alex se dirigió con rapidez a la puerta del 1504 y probó el tirador. Pero Crawley le había dicho la verdad. Estaba cerrada.

Alex volvió a la oficina de Crawley. Hubiera dado lo que fuese por tener unos pocos minutos a solas en la oficina de Ian Rider. Alguien pensaba que el trabajo del muerto era lo bastante importante como para ocultárselo. Habían irrumpido en su casa y se habían llevado cuanto habían encontrado en el despacho. Puede que la otra puerta pudiera decirle por qué. ¿En qué estaba metido exactamente Ian Rider? ¿Por qué razón lo habían matado?

La bandera tremoló de nuevo y, al verla, Alex se acercó a la ventana. El mástil surgía del edificio exactamente entre las habitaciones 1504 y 1505. Si pudiera llegar a él, conseguiría saltar al borde que corría por el lateral del edificio, en el exterior de la habitación 1504. Por supuesto, había una caída de quince pisos. Si saltaba y erraba, caería setenta metros. Era una idea estúpida. Ni siquiera merecía la pena pensar en ello.

Alex abrió la ventana y trepó al alféizar. Lo mejor, después de todo, era no pensar en ello. Tan solo hacerlo. Después de todo, si esto hubiese sido el nivel del suelo, o una estructura de barras en el patio del colegio, habría sido un juego de niños. Eran el muro liso de ladrillos, cayendo hasta la acera, los coches y autobuses desplazándose como juguetes tan abajo y el soplo del viento contra su rostro lo que lo hacían aterrador. No pienses en ello. No lo hagas.

Alex se agachó sobre el borde, en el exterior a la oficina de Crawley. Tenía las manos atrás, agarrado al alféizar. Inspiró con fuerza. Y saltó.

Una cámara situada en una oficina, al otro lado de la calle, captó a Alex mientras saltaba por los aires. Dos pisos más abajo, Alan Blunt estaba aún sentado frente a la pantalla. Se rio entre dientes. Fue una risa sin ningún humor.

—Se lo dije —afirmó—. El chico es extraordinario.

—Está bastante loco —repuso la mujer.

—Bueno, puede que eso sea lo que necesitemos.

—¿Va a quedarse ahí sentado para ver cómo se mata?

—Me voy a quedar aquí sentado, y esperar que sobreviva.

Alex había calculado mal el salto. Había errado al mástil por un centímetro y hubiera caído hacia la acera si sus manos no hubieran agarrado la propia Unión Jack. Estaba ahora colgando con los pies en el aire. Lentamente, con un gran esfuerzo, se izó, los dedos engarfiados sobre la tela. Se las arregló, de alguna forma, para trepar hasta el mástil. Aún no miró abajo. Tan solo esperaba que ningún peatón lo viese.

Tras eso, fue fácil. Se columpió en el mástil, antes de lanzarse sobre la cornisa al exterior de la oficina de Ian Rider. Tenía que ser cuidadoso. Demasiado a la izquierda y se estrellaría contra el lateral del edificio, pero demasiado lejos al otro lado y caería. Lo cierto es que aterrizó a la perfección, agarrándose a la cornisa con ambas manos y luego izándose hasta situarse a nivel de la ventana. Solo entonces se preguntó si la ventana estaría cerrada. De ser así, no le quedaría más remedio que retroceder.

No lo estaba. Alex abrió la ventana y entró a pulso en la segunda oficina, que era un calco de la primera en muchos aspectos. Tenía el mismo mobiliario, la misma alfombra, incluso una lámina similar en la pared. Se dirigió al escritorio y se sentó. Lo primero que vio fue una fotografía de sí mismo, tomada el verano pasado en la isla caribeña de Guadalupe, donde había estado practicando buceo. Había una segunda imagen en la esquina del marco. Alex a la edad de seis años. Le sorprendió ver las fotografías. Nunca había supuesto que Ian Rider fuese un hombre sentimental.

Alex miró su reloj. Habían pasado tres minutos desde que Crawley dejase la oficina, y le había dicho que volvería en cinco. Si iba a encontrar algo allí, tenía que hacerlo rápido. Abrió uno de los cajones del escritorio. Contenía cinco o seis archivadores gruesos. Alex los agarró y abrió. Enseguida vio que no tenían nada que ver con asuntos bancarios.

El primero tenía la leyenda: VENENOS NEURONALES. NUEVOS MÉTODOS DE OCULTACIÓN Y DISEMINACIÓN. Alex lo dejó de lado y miró el segundo. ASESINATOS. CUATRO CASOS A ESTUDIO. Cada vez más desconcertado, pasó con rapidez por el resto de archivos, que versaban sobre contraterrorismo, el tráfico de uranio por Europa y técnicas de interrogación. El último archivo estaba etiquetado simplemente como: STORMBREAKER.

Alex estaba a punto de leerlo cuando la puerta se abrió de golpe y entraron dos hombres. Uno de ellos era Crawley. El otro era el chófer de la chatarrería. Alex comprendió que no tenía sentido tratar de explicar lo que estaba haciendo. Estaba sentado detrás del escritorio, con el archivo de Stormbreaker entre las manos. Pero, al mismo tiempo, se dio cuenta de que los hombres no estaban sorprendidos de verlo allí. Por la forma en que habían irrumpido en la habitación, esperaban encontrarlo dentro.

—Esto no es un banco —dijo Alex—. ¿Quiénes son ustedes? ¿Trabajaba mi tío para ustedes? ¿Ustedes lo mataron?

—Demasiadas preguntas —murmuró Crawley—. Pero me temo que no estamos autorizados para darte las respuestas.

El otro hombre alzó la mano y Alex vio que empuñaba una pistola. Se incorporó detrás del escritorio, sujetando el archivo como si pudiera protegerlo.

—No... —comenzó.

El hombre disparó. No se produjo explosión alguna. El arma escupió contra Alex y este sintió que algo impactaba contra su corazón. Su mano se abrió y el archivo cayó al suelo. Luego las piernas le fallaron, la habitación dio vueltas y él se derrumbó en la nada.

¿QUÉ TIENES QUE DECIR?

ALEX abrió los ojos. ¡Seguía vivo! Aquello era una sorpresa agradable.

Estaba tumbado en una cama, en una habitación amplia y confortable. La cama era moderna pero la estancia era antigua, con vigas que corrían por el cielo raso, una chimenea de piedra y ventanas estrechas con ornados marcos de madera. Había visto habitaciones así en los libros, cuando estudiaba a Shakespeare. Podría decir que ese edificio era isabelino. Tenía que estar en el campo. No se escuchaba sonido de automóviles. Fuera podía ver árboles.

Alguien lo había desnudado. Su uniforme de colegio había desaparecido. En vez del mismo llevaba un pijama suelto, de seda a juzgar por el tacto. Por la luz que entraba desde el exterior, supuso que era primera hora de la tarde. Descubrió que su reloj estaba sobre la mesilla, junto a la cama, y lo atrapó. Eran las doce. Le habían disparado a las cuatro y media, con lo que debía de ser un dardo narcótico. Había estado inconsciente toda una noche y medio día.

Había un cuarto de baño en aquel dormitorio, con baldosas relucientes y una gran ducha tras un cilindro de cristal y cromo. Alex se quitó el pijama y se quedó cinco minutos bajo un chorro de agua hirviente. Después se sintió mejor.

Volvió al dormitorio y abrió el armario. Alguien había estado en su casa de Chelsea. Allí estaban todas sus ropas, colgadas con pulcritud. Se preguntó qué le habría dicho Crawley a Jack. Lo más seguro era que hubiese ideado alguna historia que explicase su repentina desaparición. Eligió un par de pantalones de combate Gap, una sudadera Nike y zapatillas; se puso las prendas y luego se sentó a esperar en la cama.

Al cabo de quince minutos llamaron y abrieron la puerta. Entró una joven asiática con uniforme de criada, inclinándose.

—Oh, ya está despierto. Y vestido. ¿Cómo se siente? No demasiado aturdido, espero. Sígame, por favor. El señor Blunt lo espera para comer.

Alex no había pronunciado una palabra. La siguió fuera del cuarto, por un pasillo y luego bajando unas escaleras. La casa era, en efecto, isabelina, con paneles de madera en los pasillos, candelabros adornados y antiguas pinturas de hombres viejos y barbudos con casacas y gorgueras. Las escaleras bajaban hasta una estancia alta y con galería, con una alfombra sobre el suelo de losas y una chimenea lo bastante grande como para albergar a un automóvil. Había dispuesto para tres una mesa larga y pulida. Alan Blunt y una mujer bastante masculina, que en esos momentos desenvolvía un caramelo, ya estaban sentados. ¿La señora Blunt?

—Alex —Blunt sonrió brevemente, como si eso fuese algo que no le gustase hacer—. Me alegro de que te hayas unido a nosotros.

Alex se sentó.

—No me han dado muchas opciones.

—Cierto. Yo no sabía lo que Crawley tenía en mente hacerte, me refiero a dispararte así, pero supongo que era la forma más fácil. Deja que te presente a mi colega, la señora Jones.

La mujer cabeceó en dirección a Alex. Sus ojos parecieron examinarlo al detalle, pero no dijo nada.

—¿Quiénes son ustedes? —preguntó Alex—. ¿Qué piensan hacer conmigo?

—Estoy seguro de que tienes muchas preguntas que hacernos. Pero, antes de nada, vamos a comer —Blunt debió de haber apretado un botón oculto o los estaban escuchando, porque, en ese instante preciso, se abrió una puerta para dejar paso a un camarero, de chaqueta blanca y pantalones negros, que portaba tres platos—. Espero que comas carne —prosiguió Blunt—. Hoy tenemos *carré d'agneau*.

—Eso quiere decir cordero a la brasa.

—El cocinero es francés.

Alex esperó a que sirvieran la comida. Blunt y la señora Jones bebieron vino tinto. Él prefirió agua. Por fin, Blunt comenzó a hablar.

—Tal y como supongo que ya te habrás percatado —dijo—, el Royal & General no es un banco. Lo cierto es que no existe… no es más que una tapadera. Y ya que estamos en ello, por supuesto, tu tío no tenía ninguna relación con el negocio bancario. Trabajaba para mí. Me llamo, tal y como te dije en el funeral, Blunt. Soy el jefe ejecutivo de la División de Operaciones Especiales del MI6. Y tu tío era, a falta de una palabra mejor, un espía.

Alex no pudo evitar sonreír.

—¿Quiere decir… algo como James Bond?

—Algo así, aunque no empleamos los números. Me refiero al 00 y todo eso. Era un agente de campo, muy bien entrenado y sumamente valiente. Llevó con éxito misiones en Irán, Washington, Hong Kong y El Cairo, por solo mencionar algunas. Supongo que todo esto te habrá dejado de lo más sorprendido.

Alex pensó en el muerto, en lo que había conocido de él. Su reserva. Sus largos viajes al extranjero. Y las veces que había llegado a casa malparado. Un brazo vendado una vez. El rostro rasguñado otra. Pequeños accidentes, o eso le había dicho a Alex. Pero ahora ya todo cobraba sentido.

—No me sorprende tanto.

Blunt se cortó una tajada delgada de carne.

—La suerte le falló a Ian Rider en su última misión —prosiguió—. Había estado realizando una misión clandestina aquí, en Inglaterra, en Cornualles, y volvía en coche a Londres para entregar su informe cuando lo mataron. Ya viste su coche en la chatarrería.

—Stryker & Son —musitó Alex—. ¿Quiénes son?

—Tan solo gente que trabaja para nosotros. Sufrimos de recortes presupuestarios. Tenemos que contratar parte de nuestros asuntos con personal externo. La señora Jones, aquí presente, es nuestra directora de Operaciones Especiales. Encargó a tu tío su última misión.

—Lamentamos mucho haberlo perdido, Alex —la mujer habló por primera vez. No sonaba apenada en absoluto.

—¿Saben quién lo mató?

—Sí.

—¿Me lo dirán?

—No. Aún no.

—¿Por qué no?

—Porque no necesitas saberlo. No al menos en esta fase.

—De acuerdo —Alex apartó el cuchillo y el tenedor. Lo cierto era que no había comido nada—. Mi tío era un espía. Gracias a usted está muerto. Yo descubrí demasiado, así que me hicieron perder el sentido y me trajeron aquí. ¿Dónde estoy, por cierto?

—En uno de nuestros centros de entrenamiento —respondió la señora Jones.

—Me han traído aquí porque no quieren que cuente a nadie lo que sé. ¿Se trata de eso? Porque, si es así, puedo firmar el Acta de Secretos Oficiales o lo que ustedes quieran, y luego me iré a casa. Todo esto es una locura. Y ya he tenido bastante. Quiero salirme de esto.

Blunt tosió quedamente.

—No es tan fácil —dijo.

—¿Por qué no?

—Es verdad que has llamado la atención tanto en el desguace como en nuestras oficinas de Liverpool Street. También es cierto que lo que sabes y lo que te voy a contar no podrás decírselo a nadie. Pero lo cierto, Alex, es que necesitamos tu ayuda.

—¿Mi ayuda?

—Sí —hizo una pausa—. ¿Has oído hablar de un hombre llamado Herod Sayle?

Alex reflexionó durante un instante.

—He visto su nombre en los periódicos. Tiene algo que ver con ordenadores. Tiene caballos de carreras. ¿No es originario de algún lugar de Egipto?

—No. Del Líbano —Blunt dio un sorbo al vino—. Deja que te cuente su historia, Alex. Seguro que la encontrarás interesante...

»Herod Sayle nació en la más completa miseria en las callejuelas de Beirut. Su padre era un peluquero arruinado. Su madre era lavandera. Tuvo nueve hermanos y cuatro hermanas, y todos vivían juntos en tres pequeñas habitaciones junto con la cabra de la familia. El joven Herod no fue nunca a la escuela y debiera haber acabado en el desempleo, sin saber leer ni escribir, como el resto de la familia.

»Pero, cuando tenía siete años, se produjo un suceso que cambió su vida. Caminaba por la calle Olive, en el centro de Beirut, cuando acertó a ver cómo un piano caía desde la ventana de un piso decimocuarto. Al parecer, estaban haciendo una mudanza y se les escapó. Sea como fuere, había una pareja de turistas estadounidenses caminando por la acera, justo debajo, y hubieran quedado aplastados sin duda alguna si, en el último segundo, Herod no se hubiese lanzado contra ellos y sacado de la acera. El piano los erró por milímetros.

»Por supuesto, quedaron enormemente agradecidos al granujilla y resulta que eran sumamente ricos. Hicieron indagaciones sobre él y descubrieron lo pobre que era... sus mismas ropas habían pasado antes por sus nueve hermanos. Así que, llevados por la gratitud, se puede decir que más o menos lo adoptaron. Lo sacaron de Beirut y lo metieron en una escuela de aquí, en la que hizo progresos asombrosos. Destacó en todas las materias y después, y esto es una coincidencia asombrosa, a la edad de quince años, se encontró sentado junto a un chico que, al crecer, se convertiría en primer ministro de la Gran Bretaña. Nuestro primer ministro actual, dicho sea de paso. Estuvieron los dos juntos en el colegio.

»Ascendió con rapidez. Tras salir del colegio, Sayle fue a Cambridge, donde se licenció en Económicas. Luego comenzó una carrera que lo llevó de triunfo en triunfo. Su propia radio, casa discográfica, *software*...

y sí, aún encontró tiempo para mantener una cuadra de caballos de carrera, aunque estos, por alguna razón, parecen llegar siempre tarde. Pero lo que ha atraído nuestra atención es su invento más reciente. Un ordenador bastante revolucionario al que llama Stormbreaker.

Stormbreaker. Alex recordó el archivo que encontró en la oficina de Ian Rider. Las cosas comenzaban a encajar.

—Sayle Enterprises fabrica el Stormbreaker —dijo la señora Jones—. Se ha hablado mucho sobre su diseño. Tiene teclado y unidad negros…

—Con el encendido en un costado —añadió Alex. Había visto una foto en la *PC Review*.

—No solo parece diferente —zanjó Blunt—. Se basa en una tecnología completamente nueva. Usa algo llamado el procesador circular. Supongo que eso no significa nada para ti.

—Se trata de un circuito integrado en una esfera de silicio de alrededor de un milímetro de diámetro —repuso Alex—. Resulta un noventa por ciento más barato de producir que cualquier chip ordinario, ya que el producto está sellado y por tanto no es necesario esterilizar habitaciones para producirlo.

—Oh, sí… —Blunt tosió—. Bueno, el asunto es que Sayle Enterprises se dispone a hacer un anuncio bastante sensacional, hoy mismo, un poco más tarde. Están planeando lanzar decenas de miles de esos ordenadores. Lo cierto es que tienen la intención de asegurarse de que cada una de las escuelas de secundaria de Gran Bretaña tenga su propio Stormbreaker. Es un acto de generosidad sin parangón, la forma que tiene Sayle de agradecer al país que le dio un hogar.

—Así que ese hombre es un héroe.

—Eso parece. Mandó una carta a Downing Street hace unos cuantos meses:

Querido primer ministro:

Supongo que me recordará de la época que pasamos juntos en el colegio. He vivido durante casi cuarenta años en Inglaterra y deseo hacer un gesto, algo que jamás se olvide, para expresar lo que de veras siento por su país.

»La carta sigue describiendo el regalo y está firmado como Humildemente Suyo, por el personaje en cuestión. Por supuesto, el Gobierno en pleno estaba contento como unas castañuelas.

»Los ordenadores están siendo ensamblados en la fábrica de Sayle, en Port Tallon, Cornualles. Los distribuirán por todo el país a finales de este mes y el primero de abril habrá una ceremonia especial en el Museo de Ciencias de Londres. El primer ministro apretará el botón que pondrá a todos los ordenadores en línea… hasta el último. Y, esto es alto secreto, ni que decir tiene, el señor Sayle será recompensado con la ciudadanía británica, que al parecer es lo que siempre ha buscado.

—Bueno, me alegro por él —dijo Alex—. Pero aún no me ha contado qué tiene todo eso que ver conmigo.

Blunt lanzó una mirada a la señora Jones, que había terminado de comer mientras él hablaba. Desenvolvió otro caramelo y se lo metió en la boca.

—Desde hace algún tiempo, nuestro departamento, Operaciones Especiales, ha estado interesado en el señor Sayle. El meollo del asunto es que nos hemos estado preguntando si todo esto no será demasiado bueno para ser verdad. No voy a entrar en detalles, Alex, pero hemos estado atentos a sus negocios... tiene contactos en China y la antigua Unión Soviética; dos países que nunca han sido amigos nuestros. El Gobierno puede pensar que es un santo, pero tiene un lado implacable también. Y el despliegue de seguridad en Port Tallon nos preocupa. Casi se puede decir que tiene su propio ejército privado. Actúa como si tuviese algo que ocultar.

—Cosa que nadie quiere oír —murmuró Blunt.

—Exacto. El Gobierno está tan ansioso de poner sus manos sobre todos esos ordenadores que no nos escucha. Por eso nos decidimos a enviar a uno de nuestros hombres a la planta. En teoría para supervisar la seguridad. Pero lo cierto es que fue para tener controlado a Herod Sayle.

—Está usted hablando de mi tío —dijo Alex. Ian Rider le había dicho que se marchaba a una convención de aseguradoras. Otra mentira en una vida que no había sido otro cosa que falsedades.

—Sí. Estuvo allí durante tres semanas y le ocurrió lo que a nosotros, no le llegó a gustar el señor Sayle.

En sus primeros informes lo describía como un personaje malhumorado y desagradable. Pero, a la vez, tuvo que admitir que todo parecía estar en orden. La producción marchaba. Los Stormbreaker estaban saliendo. Y todos parecían felices.

»Pero luego recibimos un mensaje. Rider no podía decir mucho porque estaba hablando por una línea común, pero comentó que había ocurrido algo. Dijo que había descubierto algo. Que los Stormbreaker no debían salir de la fábrica y que se volvía enseguida a Londres. Abandonó Port Tallon a las cuatro de la tarde. Nunca llegó a la autopista. Lo emboscaron en una carretera secundaria de lo más tranquila. La Policía local encontró el coche. Nosotros nos ocupamos de traerlo aquí.

Alex se quedó sentado en silencio. Podía imaginarlo. Una carretera serpenteante con árboles en flor. El BMW plateado resplandeciendo al pasar a toda velocidad. Y, al doblar una curva, otro coche aguardando…

—¿Por qué me cuenta todo esto? —preguntó.

—Porque prueba lo que estábamos diciendo —replicó Blunt—. Teníamos dudas acerca de Sayle y por eso mandamos a un hombre. Nuestro mejor hombre. Encontró algo y acabó muerto. Es posible que Rider descubriese la verdad…

—¡No lo entiendo! —lo interrumpió Alex—. Sayle va a regalar los ordenadores. No va a sacar ningún dinero de ello. A cambio le concederán la ciudadanía británica. ¡Muy bien! ¿Y qué tiene que ocultar?

—No lo sabemos —contestó Blunt—. No tenemos ni idea. Pero tenemos que descubrirlo. Y pronto. Antes de que esos ordenadores salgan de la planta.

—Los distribuirán el 31 de marzo —añadió la señora Jones—. Dentro de tan solo tres semanas. —Miró a Blunt y este cabeceó—. Por eso es esencial que podamos mandar a alguien a Port Tallon. Alguien que siga el trabajo donde lo dejó tu tío.

Alex sonrió incómodo.

—Espero que no estén pensando en mí.

—No podemos mandar a ningún otro agente —dijo la señora Jones—. El enemigo ha mostrado sus cartas. Ha matado a Rider. Estará esperando un reemplazo. Así que tenemos que engañarlo de alguna forma.

—Tenemos que enviar a alguien que pase desapercibido —prosiguió Blunt—. Alguien que pueda inspeccionar eso e informar sin ser descubierto. Estuvimos considerando la posibilidad de mandar a una mujer. Podría infiltrarse como secretaria o recepcionista. Pero luego tuvimos una idea mejor.

»Hace unos pocos meses, uno de esas revistas de ordenadores hizo un concurso. Ser el primer chico o chica en usar el Stormbreaker. *Viajar a Port Tallon y encontrarse con el propio Herod Sayle*. Ese era el primer premio y, al parecer, lo ganó algún joven que resulta un lince en cuanto se sienta delante de un ordenador. Se llama Félix Lester. Tiene catorce años. La misma edad que tú. Se parece un poquito a ti. Lo esperan en Port Tallon dentro de menos de dos semanas.

—Espere un minuto…

—Ya has demostrado que eres extraordinariamente valiente y decidido —dijo Blunt—. Por primera vez en la chatarrería… fue un golpe de kárate, ¿no? —Como Alex no respondió, prosiguió—: Y luego está esa pequeña prueba que preparamos para ti en el banco. Cualquier chico que se atreva a trepar desde la ventana de un piso decimoquinto solo para satisfacer su curiosidad tiene que ser bastante especial, y me parece que, de hecho, tú lo eres.

—Lo que estamos sugiriéndote es que vayas y trabajes para nosotros —dijo la señora Jones—. Disponemos de tiempo suficiente como para darte entrenamiento básico, que lo más seguro es que no llegues a necesitar, y podremos equiparte con algunos artefactos que podrán ayudarte para la misión que hemos diseñado. Luego nos las arreglaremos para que ocupes el lugar del otro chico. Irás a Sayle Enterprises el 29 de marzo. Es cuando esperan a Lester. Estarás allí hasta el 1 de abril, el día de la ceremonia. El cronometraje no puede ser mejor. Podrás encontrarte con Herod Sayle, estudiarlo y decirnos lo que piensas. Puede que llegues a averiguar qué descubrió tu tío y por qué lo mataron. No estarás en peligro. Después de todo, ¿quién va a sospechar que un chico de catorce años sea un espía?

—Todo lo que te pedimos es que nos traigas un informe —dijo Blunt—. Es cuanto queremos. Dos semanas de tu tiempo. Una oportunidad de estar seguro de que esos ordenadores no esconden nada raro. Una oportunidad de servir a tu país.

Blunt había acabado su cena. Su plato estaba completamente limpio, como si nunca hubiese habido carne en él. Dejó su cuchillo y tenedor, alineados con precisión uno junto al otro.

—Bueno, Alex —dijo—. ¿Qué me dices?

Hubo una larga pausa.

Blunt estaba esperando con interés cortés. La señora Jones desenvolvía otro caramelo de menta, sus ojos negros aparentemente fijos en el papel arrugado en sus manos.

—No —dijo Alex.

—¿Perdón?

—Es una idea estúpida. No quiero ser un espía. Quiero ser futbolista. Y, en todo caso, tengo una vida propia —encontraba difícil escoger las palabras adecuadas. El asunto entero era tan disparatado que casi sentía ganas de reír—. ¿Por qué no le piden a ese tal Félix Lester que haga el trabajo para ustedes?

—Creemos que no cuenta con tantos recursos como tú —repuso Blunt.

—Seguro que es mejor con los juegos de ordenador —Alex agitó la cabeza—. Lo siento. No me interesa. No quiero mezclarme en esto.

—¡Qué pena! —dijo Blunt. El tono de su voz no había cambiado, pero ahora había una cualidad pesada y muerta en sus palabras. Y había también algo diferente en él. Durante toda la comida había sido educado, no amistoso pero sí humano al menos. Todo eso había desaparecido en un instante. A Alex se le vino a la cabeza cuando tiran de la cadena del retrete. Había apartado de golpe su parte humana.

—Entonces, lo mejor es que procedamos a discutir tu futuro —prosiguió—. Te guste o no, Alex, el Royal & General es ahora tu tutor legal.

—Creí que había dicho usted que el Royal & General no existía.

Blunt lo ignoró.

—Ian Rider te ha dejado, por supuesto, la casa y el dinero. Sin embargo, todo queda en custodia hasta que tengas veintiún años. Y nosotros nos encargaremos de esa custodia. Lo siento, pero va a haber algunos cambios. La chica americana que vive contigo, por ejemplo.

—¿Jack?

—La señorita Starbright. Su visado ha caducado. Tendrá que regresar a Estados Unidos. Nos proponemos poner la casa a la venta. Por desgracia, no tienes parientes a los que acudir, así que me temo que eso implica también que tendrás que abandonar Brookland. Te enviaremos a una institución. Conozco una en las afueras de Birmingham. La Saint Elizabeth en Sourbridge. No es un lugar muy agradable, pero no existe alternativa.

—¡Me está chantajeando! —exclamó Alex.

—No exactamente.

—Pero si acepto a hacer lo que me pide…

Blunt miró a la señora Jones.

—Si tú nos ayudas, nosotros te ayudaremos —dijo ella.

Alex se lo pensó, pero no durante mucho tiempo. No tenía alternativa alguna y lo sabía. No cuando esa gente controlaba su dinero, su vida actual, todo su futuro.

—Ha hablado de un entrenamiento —dijo.

La señora Jones cabeceó.

—Por eso te hemos traído aquí, Alex. Este es un centro de entrenamiento. Si aceptas nuestra propuesta, comenzaremos de inmediato.

—Comenzar de inmediato —Alex pronunció esas tres palabras sin que le gustase cómo sonaban. Blunt y la señora Jones estaban esperando su respuesta. Suspiró—. Sí. De acuerdo. No parece que tenga muchas opciones.

Echó una ojeada a las tajadas de cordero frío en su plato. Carne muerta. De repente, comprendió cómo se sentía.

DOBLE O NADA

POR enésima vez, Alex maldijo a Alan Blunt en un lenguaje que nunca había sido consciente de manejar. Eran casi la cinco de la tarde, aunque bien pudieran haber sido las cinco de la madrugada: el cielo apenas había cambiado a lo largo de todo el día. Era gris, frío, implacable. Aún seguía lloviendo, una llovizna fina que descargaba en horizontal gracias al viento, empapándolo pese a sus ropas supuestamente impermeables, mezclándose con el sudor y la suciedad para calarlo hasta lo huesos.

Desplegó el mapa y comprobó de nuevo su posición. Tenía que llegar al último PR del día —el último Punto de Reunión—, pero no podía ver nada. Estaba sobre un camino angosto de guijarros sueltos que crujían bajo sus botas de combate a cada paso. El camino serpenteaba por el costado de una montaña, con un despeñadero que se precipitaba a la derecha. Estaba en algún lugar de Brecon Beacon y debiera tener una mejor vista, pero esta estaba oculta por la lluvia y la luz menguante. Unos pocos árboles se aferraban al costado de la colina, con hojas tan duras como espinas. A su espalda, debajo, delante, era lo mismo. Tierra de nadie.

Alex estaba dolorido. La mochila Bergen de diez kilos que le habían obligado a transportar le cortaba los hombros y la fricción le había causado ampollas en la espalda. Su rodilla derecha, ahí donde se había golpeado al caer esa mañana a primera hora, ya no sangraba, pero le seguía doliendo. Tenía los hombros con rozaduras y un arañazo en un lado de la garganta. Su traje de camuflaje —había cambiado sus pantalones de combate Gap para aquella tarea— le ajustaba mal, de manera que formaba bolsas en sus piernas y brazos. Estaba próximo al agotamiento, lo sabía, casi demasiado cansado como para sentir lo dolorido que estaba. De no mediar las tabletas de glucosa y cafeína de su equipo de supervivencia, se habría derrumbado hacía horas. Sabía que si no encontraba el PR pronto, sería físicamente incapaz de continuar. Entonces lo quitarían de enmedio. «Descartado», decían ellos. Eso les gustaría. Tragándose el regusto de la derrota, Alex dobló el mapa y se obligó a proseguir.

Era su noveno —o puede que décimo— día de entrenamiento. El tiempo había comenzado a perder significado, como disuelto por la lluvia. Tras la comida con Alan Blunt y la señora Jones, lo habían sacado de la casa principal para instalarlo en una tosca cabaña de madera, en el campo de entrenamiento situado a unos pocos kilómetros. Había nueve cabañas en total, todas equipadas con cuatro camas de metal y cuatro taquillas metálicas. Habían metido las otras cinco en una de ellas para acomodar a Alex. Había dos cabañas más, pintadas de distinto color y situadas en el lateral. Una de ellas era cocina y comedor. La otra estaba destinada a aseos, lavabos y duchas, sin un solo grifo de agua caliente a la vista.

Habían presentado a Alex, el primer día, al suboficial encargado del entrenamiento, un sargento negro de musculatura increíble. Era la clase de hombre que pensaba haberlo visto ya todo. Hasta que vio a Alex. Examinó al recién llegado durante un largo minuto, antes de hablar.

—No me compete hacer preguntas —dijo—. Pero lo cierto es que me gustaría saber en qué están pensando para mandarme un niño. ¿Tienes idea de dónde estás, chaval? Esto no es el Parque de Atracciones, ni el Club de Vacaciones —silabeaba con dureza, como escupiendo—. Te ponen en mis manos durante once días y esperan que te dé el entrenamiento que precisa catorce semanas. Yo no diría que es una locura. Es más bien un suicidio.

—Yo no pedí venir aquí —respondió Alex.

El sargento se puso súbitamente furioso.

—No hables hasta que te dé permiso —gritó—. Y, cuando te dirijas a mí, me tratarás de señor. ¿Entendido?

—Sí, señor —Alex ya había llegado a la conclusión de que aquel hombre era aún peor que su profesor de geografía.

—Hay cinco unidades operativas aquí en estos momentos —añadió el suboficial—. Te unirás a la unidad K. No utilizamos nombres. Yo no tengo nombre. Tú no tienes nombre. Si alguien te pregunta qué estás haciendo, no le dirás nada. Algunos de los hombres serán duros contigo. Algunos de los hombres se sentirán resentidos por tu sola presencia. Esto es muy duro. Tendrás que vivir con ello. Y hay algo que debieras saber. Tendré contemplaciones contigo. Eres un chico, no un hombre. Pero si te quejas, estás fuera. Si lloras, estás fuera. Si no puedes aguantar, estás fuera. Entre tú y yo, chaval, creo que esto es un error y quiero verte fuera.

Después de eso, Alex se unió a la unidad K. Tal y como el sargento había predicho, no se alegraron precisamente de verlo.

Había cuatro. Como pronto descubrió Alex, la División de Operaciones Especiales del MI6 enviaba a sus agentes al mismo centro de entrenamiento que el *Special Air Service,* el SAS. La mayor parte del entrenamiento estaba basado en los métodos del SAS y eso incluía el número y composición de cada equipo. Así que había cuatro hombres, cada uno con sus propias habilidades. Y un chico, al parecer sin ninguna.

Estaban todos en la mitad de la veintena, sentados en los catres en un silencio cordial. Dos de ellos estaban fumando. Uno desmontaba y volvía a montar su arma, una Browning de 9 mm High Power. Cada uno de ellos tenía un nombre en clave: Wolf, Fox, Eagle y Snake [2]. En adelante, a Alex lo conocerían como Cub [3]. El jefe, Wolf, era el del arma. Era bajo y musculoso, de hombros cuadrados y un pelo negro y espeso. Tenía un rostro agraciado, algo estropeado por la nariz, rota en algún momento del pasado.

Fue el primero en hablar. Apartando el arma, examinó a Alex con fríos ojos gris oscuro.

—¿Quién diablos se supone que eres? —exigió.

—Cub —replicó Alex.

—¡Un maldito colegial! —Wolf hablaba con un acento extraño, ligeramente extranjero—. No puedo creerlo. ¿Eres de Operaciones Especiales?

—No estoy autorizado para responder eso —Alex se dirigió a su camastro y se sentó. El colchón parecía tan sólido como el armazón. Pese al frío, no había más que una manta.

Wolf agitó la cabeza y sonrió sin humor.

—Mira lo que nos han enviado —murmuró—. ¿Cero Cero Siete? Más bien Doble Cero a secas [4].

Durante los días siguientes, Alex fue la sombra del grupo, sin ser parte del mismo, pero nunca demasiado lejos. Hacía casi todo lo que ellos. Aprendió a leer los mapas, radiocomunicación y primeros auxilios. Tomó parte en una clase de combate sin armas y

---

[2] Lobo, Zorro, Águila y Serpiente, respectivamente. (*N. del T.*)

[3] Cachorro. (*N. del T.*)

[4] El Doble Cero es el número de la ruleta en que todos los jugadores, si la bola cae allí, pierden. (*N. del T.*)

lo derribaron tantas veces que necesitó de toda su fuerza de voluntad para seguir levantándose.

Luego llegó el entrenamiento en la pista americana. Cinco veces lo empujaron con gritos y amenazas a través de la pesadilla de redes y escalerillas, túneles y zanjas, cuerdas flojas que oscilaban y muros elevados que había a lo largo de casi medio kilómetro a través y sobre el bosque cercano a las chozas. Alex pensó que era el terreno del juego del infierno. La primera vez que lo probó Alex se cayó de una cuerda a un pozo que parecía haber sido rellenado a propósito con fango helado. Medio ahogado y sucio, el sargento lo había enviado a recomenzar. Alex pensó que nunca llegaría al final, pero la segunda vez acabó en veinticinco minutos, que al final de la semana había reducido a diecisiete minutos. Rasguñado y agotado como estaba, se sentía sin embargo contento consigo mismo. Incluso Wolf no lo lograba hacer en menos de doce minutos.

Wolf seguía activamente hostil contra él. Los otros tres hombres se limitaban a ignorarlo, pero Wolf hacía cuanto podía para provocarlo o humillarlo. Era como si Alex lo hubiese insultado al entrar en el grupo. Una vez, mientras reptaban bajo las redes, Wolf lanzó una patada, errando el rostro de Alex por un centímetro. Por supuesto, hubiese dicho que había sido un accidente si la bota lo hubiera alcanzado. En otra ocasión tuvo más éxito, impactando contra Alex en el comedor y lanzándolo por los aires con su bandeja, cubertería y humeante plato de estofado. Y, cada vez que hablaba con Alex, utilizaba el mismo tono burlón de voz.

—Buenas noches, Doble Cero. No te mojes en la cama.

Alex apretaba los labios y no decía nada. Pero se alegró cuando enviaron a los cuatro hombres a un curso de un día sobre supervivencia en la jungla —eso no formaba parte de su entrenamiento—, aun pensando que el sargento sería el doble de duro con él cuando se hubieran ido. Prefería estar solo.

Pero al octavo día, Wolf estuvo a punto de acabar con él. Ocurrió en la Casa de la Muerte.

La Casa de la Muerte era un simulacro, una falsa embajada usada para entrenar a los SAS en las técnicas de liberar rehenes. Alex había visto entrar dos veces a la unidad K en la casa, la primera descolgándose desde el techo, y había seguido sus avances por circuito cerrado de televisión. Los cuatro hombres estaban armados. Alex no tomó parte porque alguien, en algún lugar, había decidido que no podía portar armas. En el interior de la Casa de la Muerte habían colocado maniquíes que simulaban ser terroristas y rehenes. Tras derribar las puertas y utilizar granadas aturdidoras para limpiar las habitaciones con estampidos múltiples y ensordecedores, Wolf, Fox, Eagle y Snake habían completado con éxito sus misiones en ambas oportunidades.

En esa ocasión, Alex se les había unido. La Casa de la Muerte estaba llena de trampas para bobos. No les habían dicho cuáles. Los cinco estaban desarmados. Su trabajo consistía simplemente en ir de un lado de la casa al otro sin ser «muertos».

Casi lo consiguieron. En la primera habitación, construida con un inmenso comedor, encontraron las almohadillas de presión bajo la alfombra y los rayos infrarrojos a través de las puertas. Para Alex, aquello fue una experiencia sobrecogedora, siguiendo de puntillas a los cuatro hombres, observando cómo desmantelaban los dos artefactos, usando el humo de los cigarrillos para desvelar los rayos invisibles. Resultaba extraño tener miedo de todo y sin embargo no ver nada. A mitad de camino había un detector de movimiento que accionaba una ametralladora (Alex suponía que con balas de fogueo) detrás de un biombo japonés. La tercera estancia estaba vacía. La cuarta era una sala de estar con la salida —unas cristaleras— en el otro extremo. Había un alambre, poco más grueso que un cabello humano, que recorría toda la amplitud de la estancia, y había alarmas en las cristaleras. Mientras Snake se las apañaba con la alarma, Fox y Eagle se dispusieron a neutralizar el alambre, sacando un circuito electrónico y algunos útiles de sus cinturones.

Wolf los detuvo.

—Dejad eso. Ya estamos fuera.

En ese preciso instante, Snake hizo un gesto. Había desactivado la alarma. La cristalera estaba abierta.

Snake fue el primero en salir. Luego Fox y Eagle. Alex tenía que ser el último en abandonar el lugar, pero al salir se encontró con que Wolf estaba cerrándole el paso.

—Mala suerte, Doble Cero —dijo este. Su voz era suave, casi amable.

Lo siguiente que supo Alex era que el palmetazo de Wolf había impactado contra su pecho, enviándolo de vuelta con una fuerza asombrosa. Pillado por sorpresa, perdió el equilibrio y cayó, recordando el alambre y tratando de girar el cuerpo para evitarlo. Pero fue imposible. Su mano izquierda, al agitarse, tocó el alambre. La sintió, de hecho, contra su muñeca. Se estrelló contra el suelo, arrastrando el alambre. Y, entonces...

La granada aturdidora HRT ha sido utilizada a menudo por los SAS. Es un pequeño artefacto lleno de polvo de magnesio y fulminante de mercurio. El mercurio explotó apenas el alambre activó la granada, dejando no solo sordo a Alex, sino sacudiéndolo de tal forma que casi se le salió el corazón por la boca. Al mismo tiempo, el magnesio se inflamó y ardió completamente en diez segundos. La luz era tan cegadora que ni siquiera cerrar los ojos marcaba ninguna diferencia. Alex se quedó bocabajo en el suelo duro de madera, las manos alrededor de la cabeza, incapaz de moverse, esperando el fin.

Pero aún no había acabado la cosa. Cuando el magnesio acabó de arder, era como si hubiese consumido toda la luz. Alex se puso en pie tambaleándose, incapaz de ver ni oír, ni siquiera muy seguro de dónde se hallaba. Sentía el estómago revuelto. La habitación daba vueltas. El pesado hedor de los componentes químicos flotaba en el aire.

Consiguió salir tambaleándose diez minutos después. Wolf estaba esperándolo fuera con los demás, el rostro impasible, y Alex comprendió que debía de haber logrado escabullirse antes de que él cayese. Se le acercó un sargento malhumorado. Alex no había esperado ver ni asomo de preocupación por él en su rostro, y no quedó defraudado.

—¿Puedes decirme qué te ha pasado ahí dentro, Cub? —exigió. Al ver que Alex no respondía nada, prosiguió—: Te has cargado el ejercicio. Lo has echado a perder. Por tu culpa podrían descartar a toda la unidad. Así que es mejor que me digas qué ha ido mal.

Alex miró a Wolf y este miró hacia otro lado. ¿Qué debía decir? ¿Tendría que intentar contar la verdad?

—¿Y bien? —El sargento estaba esperando.

—No sucedió nada, señor —contestó Alex—. Estaba mirando el lugar en el que estaba. Entonces pisé algo y hubo una explosión.

—De haber ocurrido en la vida real, estarías muerto —dijo el sargento—. ¿Qué te dije? Que enviarme a un crío era un error. Un crío estúpido y torpe además, que no mira por donde pisa… ¡es incluso peor!

Alex se quedó donde estaba, recibiendo el rapapolvo. Con el rabillo del ojo pudo ver que Wolf sonreía a medias.

El sargento también lo vio.

—¿Así que te parece que es divertido, Wolf? Lo vais a limpiar todo. Y lo mejor que podéis hacer esta noche es descansar un poco. Todos. Porque mañana os vais a hacer una marcha de cuarenta kilómetros. Con raciones de supervivencia. Sin encender fuego. Este es un curso de supervivencia. Si consigues sonreír, entonces tendrás una buena razón para sonreír.

Alex volvió a recordar esas palabras exactamente veinticuatro horas más tarde. Había pasado las últimas once de pie, siguiendo el recorrido que el sargento le había trazado en el mapa. El ejercicio había comenzado a las seis en punto de la mañana, tras un mediocre desayuno de salchichas y alubias. Wolf y los demás habían desaparecido, sacándole delantera hacía mucho, aunque llevaban mochilas de veinticinco kilos de peso. A ellos les habían dado tan solo ocho horas para completar el circuito. Habían dado doce a Alex debido a su edad.

Tomó una curva, con sus pies haciendo rechinar la grava. Había alguien parado delante. Se trataba del sargento. Acababa de encender un cigarrillo y Alex vio cómo devolvía las cerillas a su bolsillo. Al verlo, volvió a sentir la vergüenza y la rabia del día anterior, al tiempo que recurría a sus últimas fuerzas. De repente, se sintió harto de Blunt, la señora Jones, Wolf... de todo aquel asunto estúpido. Con un esfuerzo final, avanzó tambaleándose los últimos metros, y se detuvo. La lluvia y el sudor le corrían por las mejillas. Su cabello, ahora oscuro de suciedad, estaba pegado a la frente.

El sargento miró a su reloj.

—Once horas, cinco minutos. No está mal, Cub. Pero los otros llegaron hace tres horas.

Bravo por ellos, pensó Alex. Pero no dijo nada.

—En todo caso, aún te queda llegar al último PR —prosiguió el sargento—. Está por ahí.

Señaló hacia una pared. No una pared inclinada. Una vertical. Piedra sólida que se alzaba quince metros sin un solo asidero o escalón a la vista. Con solo mirarlo, Alex sintió que se le encogía el estómago. Ian Rider lo había llevado a escalar a Escocia, a Francia, por toda Europa. Pero nunca había intentado nada tan difícil como eso. No él solo. No cuando estaba tan cansado.

—No puedo —dijo. Al final, esas dos palabras le salieron con suma facilidad.

—No he oído nada —replicó el sargento.

—He dicho que no puedo, señor.

—Esa es una frase que aquí no existe.

—No me importa. Ya he tenido bastante. Tan solo… —La voz de Alex se quebró. No creía posible poder proseguir. Se quedó allí, helado y vacío, esperando la caída del hacha.

Pero no cayó. El sargento lo observó durante un largo minuto. Cabeceó con lentitud.

—Escúchame, Cub —dijo—. Sé lo que ocurrió en la Casa de la Muerte.

Alex lo observó.

—Wolf se olvidó de la existencia del circuito cerrado de televisión. Tenemos todo grabado.

—¿Entonces por qué…? —comenzó a decir Alex.

—¿Presentaste una queja contra él, Cub?

—No, señor.

—¿Quieres presentar una queja contra él, Cub?

Una pausa.

—No, señor.

—Bien —el sargento le señaló la fachada de piedra, indicándole un camino con el dedo—. No es tan difícil como parece —dijo—. Y te están esperando justo arriba. Una buena cena fría. Raciones de supervivencia. No te lo querrás perder.

Alex inspiró con fuerza y avanzó. Al rebasar al sargento, tropezó y adelantó una mano para equilibrarse, rozándolo.

—Lo siento, señor —dijo.

Le llevó veinte minutos llegar a lo alto y, claro, la unidad K ya estaba allí, agazapados junto a tres pequeñas tiendas que debían haber plantado a primera hora de la tarde. Dos de ellas para dos hombres cada una. La más pequeña para Alex.

Snake, un hombre delgado y rubio que hablaba con acento escocés, alzó la mirada hacia Alex. Tenía una lata de guiso frío en una mano y una cucharilla en la otra.

—No creí que lo consiguieses —dijo. Alex no pudo dejar de detectar cierta calidez en la voz del hombre. Por primera vez, no le había llamado Doble Cero.

—Ni yo —repuso Alex.

Wolf estaba acuclillado, intentando encender un fuego de campamento mediante dos pedernales, mientras Fox y Eagle observaban. No conseguía nada. Las piedras no producían más que pequeñas chispas y los trozos de papel y hojas que habían reunido estaban bastante mojados. Wolf entrechocó las piedras una y otra vez. Los otros observaban, los rostros apesadumbrados.

Alex sacó la caja de cerillas que había hurtado al sargento cuando había fingido tropezar al pie del muro pétreo.

—Esto podría servir —dijo.

Le arrojó las cerillas, antes de entrar en su tienda.

«TOYS AREN'T US»[5]

EN el despacho de Londres, la señora Jones estaba sentada, esperando mientras Alan Blunt leía el informe. El sol brillaba. Un pichón se pavoneaba adelante y atrás, a lo largo de la cornisa exterior, como si montase guardia.

—Lo está haciendo muy bien —dijo Blunt por último—. Sumamente bien, de hecho —volvió una página—. Veo que no ha realizado prácticas de tiro.

—¿Está planeando darle un arma? —preguntó la señora Jones.

—No. No creo que sea buena idea.

—Entonces no necesita prácticas de tiro.

Blunt enarcó una ceja.

—No podemos confiar un arma a un adolescente —dijo—. Por otra parte, no creo que debamos enviarlo

---

[5] Juego de palabras, en negación, con Toys're us, famosa cadena de juguetería. Significarían, respectivamente, Los juguetes son nuestros y Los juguetes no son nuestros. (*N. del T.*)

a Port Tallon con las manos vacías. Sería mejor que hablase usted con Smithers.

—Ya lo he hecho. Está manos a la obra.

La señora Jones se incorporó como si se dispusiera a marcharse. Pero, ya en la puerta, titubeó.

—Me pregunto si se le ha ocurrido pensar que Rider estuvo preparándolo durante todo este tiempo —dijo.

—¿Qué quiere decir?

—Preparando a Alex para reemplazarlo. Desde que el chico pudo apenas caminar, ha estado entrenándolo para el trabajo de inteligencia… pero sin que él lo supiese. Quiero decir que ha vivido en el extranjero, así que habla francés, alemán y español. Ha hecho alpinismo, submarinismo y esquí. Ha aprendido kárate. Da el perfil psicológico a la perfección —se encogió de hombros—. Creo que Rider quería que Alex fuese un espía.

—Pero no tan pronto —matizó Blunt.

—Estoy de acuerdo con eso. Usted sabe tan bien como yo, Alan, que aún no está preparado. Si lo enviamos a Sayle Enterprises, lo estaremos condenando a morir.

—Puede —esa simple palabra era fría, dicha con total naturalidad.

—¡Tan solo tiene catorce años! No podemos hacerlo.

—Tenemos que hacerlo —Blunt se levantó para abrir la ventana, dejando entrar el aire y el ruido del tráfico. El pichón alzó el vuelo desde la cornisa, atemorizado—. Este asunto me preocupa —dijo—. El primer ministro considera que el Stormbreaker es una buena baza, bueno tanto para él como para el Gobierno. Pero todavía hay algo en Herod Sayle que no me gusta. ¿Le ha hablado al chico de Yassen Gregorovich?

—No —la señora Jones agitó la cabeza.

—Entonces va siendo hora de que lo haga. Fue Yassen quien mató a su tío. Estoy convencido. Y si Yassen estuviese trabajando para Sayle...

—¿Qué hará usted si Yassen mata a Alex Rider?

—Eso no es problema nuestro, señora Jones. Si el chico resulta muerto, tendremos la prueba final de que algo va mal. En última instancia, eso me permitirá posponer el proyecto Stormbreaker y pasar una inspección a fondo y sin miramientos, para averiguar qué está ocurriendo en Port Tallon. En cierta forma, nos ayudaría el hecho de que lo matasen.

—El chico aún no está preparado. Comete errores. No podremos mantener el contacto con él —la señora Jones suspiró—. No creo que Alex tenga muchas oportunidades.

—Estoy de acuerdo —Blunt se giró junto a la ventana. El sol cayó sobre su espalda. Una sombra se instaló en su rostro—. Pero ya es tarde para preocuparnos de eso —dijo—. No tenemos más tiempo. Detenga el entrenamiento. Envíelo allí.

Alex se sentaba acurrucado en la parte de atrás de un avión militar C-130 en vuelo bajo, con el estómago revolviéndosele entre las rodillas. Había doce hombres sentados en dos hileras junto a él, su propia unidad y dos más. El avión llevaba volando una hora a cien metros de altura, siguiendo los valles galeses, picando y girando para evitar los picos montañosos. Una única bombilla roja resplandecía tras una malla metálica, aumentando el calor del atestado espacio. Alex podía sentir los motores vibrando, que le hacían estremecer. Era como viajar en una combinación de centrifugadora y microondas.

La idea de saltar del avión con un paracaídas enorme de seda hubiera hecho enfermar a Alex de miedo, pero aquella mañana le habían comunicado que, de hecho, no tendría que saltar. Una orden de Londres. No podían arriesgarse a que se rompiese una pierna, según le habían dicho, así que Alex supuso que se acercaba el final de su entrenamiento. Aun así, le habían enseñado a empaquetar un paracaídas y a controlarlo, a salir del avión y a aterrizar, y al final del día el sargento le había indicado que debía unirse al vuelo, para salto real. Ahora, próximo a la zona de salto, Alex se sentía casi desazonado. Tenía que observar cómo saltaban los demás y luego se quedaría solo.

—P menos cinco…

La voz del piloto le llegaba por el comunicador, lejana y metálica. Alex apretó los dientes. Cinco minutos para el salto. Observó cómo los otros hombres se colocaban en posición, comprobando las cuerdas que los conectaban a la barra fija. Se hallaba sentado junto a Wolf. Para su sorpresa, estaba completamente quieto, inmóvil. Resultaba difícil de precisar en la semioscuridad, pero en la expresión del hombre había algo que bien pudiera ser miedo.

Se escuchó un zumbido bajo y la luz roja se convirtió en verde. El copiloto había acudido desde la carlinga. Agarró una manija y abrió una compuerta en la cola del avión, lo que hizo que el aire frío entrase en tromba. Alex no pudo ver más que un cuadrado de noche. Llovía. La lluvia pasaba aullando.

La luz verde comenzó a parpadear. El copiloto tocó a la primera pareja en el hombro y Alex observó cómo se dirigían a un lado y luego se lanzaban. Durante un momento se quedaron ahí, congelados en la abertura. Luego desaparecieron, como una fotografía arrugada y arrebatada por el viento. Los siguieron dos hombres. Luego otros dos, hasta que solo quedó un par para saltar.

Alex miró a Wolf, que parecía estar luchando con una pieza de su equipo. Su compañero se dirigía a la compuerta sin él, pero Wolf ni lo miraba.

El otro saltó. De repente, Alex se dio cuenta de que solo quedaba Wolf.

—¡Muévete! —le gritó el copiloto por encima del rugido de los motores.

Wolf se enderezó. Sus ojos se encontraron por un momento con los de Alex y en ese instante Alex comprendió. Wolf era un líder popular. Era fuerte y rápido, y recorría una ruta de cuarenta kilómetros como si se tratase de un paseo por el parque. Pero tenía un punto débil. De alguna forma, había dejado que su salto en paracaídas lo abrumase y ahora estaba demasiado asustado como para moverse. Era difícil de creer, pero ahí estaba, congelado en la abertura, los brazos rígidos, la mirada perdida. Alex echó una ojeada atrás. El copiloto estaba mirando hacia otro lado. No había visto lo que sucedía. ¿Qué ocurriría cuando lo hiciese? Si Wolf fallaba en el salto, sería el fin de su entrenamiento y puede que de su carrera. Incluso la simple duda sería suficiente. Lo descartarían.

Alex se lo pensó durante un momento. Wolf no se había movido. Alex podía ver cómo sus hombros subían y bajaban mientras trataba de reunir el coraje suficiente como para saltar. Habían pasado diez segundos. Puede que más. El copiloto estaba inclinado, estibando una pieza del equipo. Alex se incorporó.

—Wolf —dijo.

Wolf ni siquiera lo oyó.

Alex echó una última mirada al copiloto, luego lo pateó con todas sus fuerzas. Su pie fue a impactar en la espalda de Wolf. Puso toda su fuerza en el golpe. Pilló a Wolf por sorpresa y las manos de este no se pudieron aferrar a nada mientras se sumía en el arremolinado aire nocturno.

El copiloto se giró y vio a Alex.

—¿Qué estás haciendo? —gritó.

—Estirar un poco las piernas —gritó Alex a su vez.

El avión trazó una curva en el aire y emprendió el regreso a casa.

La señora Jones lo estaba esperando cuando entró en el hangar. Estaba sentada en una mesa, vestida con una chaqueta y pantalones de seda gris, con un pañuelo negro que sobresalía del bolsillo superior. Durante un momento no lo reconoció. Alex estaba vestido con ropas de vuelo. Tenía el pelo mojado por la lluvia. Su rostro mostraba las huellas de la fatiga y parecía haber envejecido muy rápido. Ninguno de los hombres había vuelto aún. Habían enviado un camión a recogerlos a un campo situado a unos tres kilómetros de distancia.

—¿Alex? —dijo.

Alex la contempló, pero no dijo nada.

—Fue decisión mía que no saltases —aseguró—. Espero que no te moleste. Consideré que era mucho riesgo. Por favor, siéntate.

Alex se sentó frente a ella.

—Tengo algo que te alegrará —añadió ella entonces—. Te he traído algunos juguetes.

—Soy demasiado mayor para usar juguetes —repuso Alex.

—No los de este tipo.

Hizo un gesto y se presentó un hombre, salido de las sombras, transportando un maletín de utillaje que depositó sobre la mesa. El hombre era tremendamente gordo. Cuando se sentó, la silla desapareció bajo su trasero y Alex se sintió sorprendido de que siquiera aguantase su peso. Era calvo, con un bigote negro y varias papadas, cada una fusionándose con la anterior para acabar llegando a su cuello y espaldas. Vestía un traje de raya diplomática con tanta tela como para confeccionar una tienda de campaña.

—Smithers —se presentó, cabeceando en dirección a Alex—. Me alegro de conocerte, amiguete.

—¿Qué ha preparado para él? —le espetó la señora Jones.

—Me temo que no he dispuesto de demasiado tiempo, señora J. —replicó Smithers—. El desafío reside en hacer algo que un chico de catorce años pueda llevar encima y adaptarlo —tomó el primer objeto de la bandeja. Un yoyó. Era ligeramente mayor de lo normal, fabricado en plástico negro—. Vamos a empezar con esto —dijo Smithers.

Alex agitó la cabeza. No se lo podía creer.

—¡No me diga! —gritó—. Es una especie de arma secreta...

—No exactamente. Me dijeron que no te entregase armas. Eres demasiado joven.

—¿Entonces no es una granada de mano? ¿Una de tirar de la cuerda y volarlo todo?

—Claro que no. Es un yoyó —Smithers tiró de la cuerda para sujetarla entre un dedo gordinflón y el pulgar—. Sin embargo, esta cuerda es de una clase especial de nailon. Muy sofisticada. Mide treinta metros y puede soportar cien kilos de peso. Este yoyó tiene motor y se puede enganchar a tu cinturón. Muy útil para trepar.

—Sorprendente —Alex no estaba precisamente impresionado.

—Luego tenemos esto —Smithers sacó un tubo pequeño. Alex leyó en un lateral: CREMA ANTIACNÉ. POR UNA PIEL MÁS SANA—. No es nada personal —prosiguió en tono de disculpa Smithers—. Pero pensamos que era algo que un chico de tu edad podría usar. Y esto es muy digno de reseñar —abrió el tubo y se echó un poco de crema en el dedo—. Completamente inofensivo cuando lo tocas. Pero si lo pones en contacto con el metal, eso es otra historia —agitó el dedo, lanzando la crema contra la superficie de la mesa. No sucedió nada durante un momento. Luego se alzó en el aire una voluta de humo acre, el metal chisporroteó y apareció un agujero irregular—. Hace eso con cualquier metal —le explicó Smithers—. Muy útil si necesitas abrir una cerradura —sacó un pañuelo y se secó el dedo.

—¿Algo más? —preguntó la señora Jones.

—Oh, sí, señora J. Se puede decir que esta es nuestra pieza maestra —sacó una caja de colores brillantes que Alex reconoció de inmediato como una Game Boy Advance—. ¿Qué adolescente está completo sin esto? —preguntó—. Esta viene con cuatro juegos. Pero lo bueno es que cada juego convierte a la máquina en algo completamente diferente.

Mostró a Alex el primero de los juegos.

—Si insertas Némesis, la máquina se convierte en una fotocopiadora-fax que te da línea directa con nosotros, y viceversa —sacó el segundo juego—. Exocet convierte la máquina en un aparato de rayos X. También tiene una función de radio. Los cascos valen para realizar escuchas. No son tan potentes como me gustaría, pero estamos en ello. Speed Wars te permite buscar micrófonos escondidos. Te sugiero que lo uses apenas te den tu habitación. Y, por último... Bomber Boy.

—¿Puedo jugar ese? —preguntó Alex.

—Puede jugar los cuatro. Pero, tal y como sugiere el nombre, lo cierto es que es una bomba de humo. Si dejas el cartucho en cualquier lugar de una habitación y aprietas el botón de arranque tres veces en la consola, se libera. Proporciona una cobertura útil si necesitas escapar a toda prisa.

—Gracias, Smithers —dijo la señora Jones.

—Encantado, señora J. —Smithers se puso en pie, con las piernas estiradas para soportar su peso enorme—. Confío en que nos veamos de nuevo, Alex. Nunca antes había tenido que equipar a un chico. Seguro que se me ocurre toda una batería de ideas satisfactorias al respecto.

Se fue, anadeando como un pato, y desapareció tras una puerta que se cerró resonando.

La señora Jones se volvió hacia Alex.

—Saldrás mañana hacia Port Tallon —dijo—. Irás con el nombre de Félix Lester —le tendió una carpeta—. Hemos enviado al verdadero Félix Lester de vacaciones a Escocia. Encontrarás aquí cuanto necesitas saber sobre él.

—Me lo leeré en la cama.

—Bien —de repente estaba muy seria y Alex se descubrió preguntándose si no sería madre ella misma. De ser así, bien pudiera tener un hijo de su edad. Ella tomó una fotografía en blanco y negro y la dejó sobre la mesa. Mostraba a un hombre en vaqueros y camiseta blanca. Rondaba los treinta y tenía un pelo rubio y espeso, un rostro agradable y un cuerpo de bailarín. La foto era un poco borrosa. La habían tomado desde lejos, como si hubiesen empleado una cámara oculta.

—Quiero que mires esto —dijo ella.

—Ya estoy mirando.

—Este hombre se llama Yassen Gregorovich. Nació en Rusia, pero ha trabajado en muchos países. Iraq le ha dado trabajo. También Serbia, Libia y China.

—¿A qué se dedica? —preguntó Alex, aunque al mirar a ese rostro frío con sus ojos vacíos y de párpados caídos casi podía adivinarlo.

—Es un asesino a sueldo, Alex. Creemos que él mató a Ian Rider.

Se produjo una larga pausa. Alex miró a la fotografía, tratando de imprimirla en su mente.

—Le sacaron esta foto hace seis meses en Cuba. Puede ser una coincidencia que Herod Sayle estuviese allí al mismo tiempo. Pudieron haberse encontrado los dos. Y hay algo más —hizo una pausa—.

Rider usó un código en el último mensaje que envió. Una simple letra. Y.

—Y de Yassen.

—Debió haber visto a Yassen en Port Tallon. Trató de avisarnos.

—¿Por qué me cuenta todo esto? —preguntó Alex.

—Porque si lo ves, si Yassen está en algún lugar próximo a Sayle Enterprises, tienes que contactar con nosotros de inmediato.

—¿Y luego?

—Te sacaremos. Si Yassen descubre que estás trabajando para nosotros, te matará también.

Alex sonrió.

—Soy demasiado joven como para que se fije en mí —dijo.

—No —la señora Jones recuperó la foto—. Recuerda siempre, Alex Rider, que nunca se es demasiado joven para morir.

Alex se incorporó.

—Sales mañana por la mañana, a las ocho en punto —dijo la señora Jones—. Sé cuidadoso, Alex.

Alex cruzó el hangar, despertando ecos a cada paso. A su espalda, la señora Jones desenvolvió un caramelo de menta y se lo metió en la boca. Le olía siempre el aliento ligeramente a menta. Como jefa de Operaciones Especiales, ¿a cuántos hombres habría mandado a la muerte? A Ian Rider y puede que docenas más. Puede que le resultase más fácil hacerlo si su aliento era dulce.

Hubo movimiento por delante y vio que los paracaidistas regresaban de su salto. Se dirigían hacia él, saliendo de la oscuridad, con Wolf y los otros hombres de la unidad K a la cabeza. Alex trató de sortearlos, pero se encontró con que Wolf estaba bloqueándole el paso.

—Te vas —dijo Wolf. De alguna forma, debía haber llegado a sus oídos que Alex había acabado su entrenamiento.

—Sí.

Se produjo una larga pausa.

—Lo que ocurrió en el avión… —comenzó a decir.

—Olvídalo, Wolf —repuso Alex—. No ocurrió nada. Tú saltaste y yo no. Eso es todo.

Wolf tendió una mano.

—Quiero que sepas… Me equivocaba respecto a ti. Siento habértelo hecho pasar mal. Pero tú tenías razón. Puede… que algún día podamos trabajar juntos.

—¿Quién sabe? —respondió Alex.

Se estrecharon la mano.

—Buena Suerte, Cub.

—Adiós, Wolf.

Alex se perdió en la noche.

PHYSALIA PHYSALIS

EL Mercedes SL600 color gris plata circulaba por la autopista en dirección sur. Alex estaba sentado en el asiento del copiloto, con tanto cuero blando a su alrededor que apenas podía oír el motor de 289 caballos y 6 litros que lo llevaba hacia el complejo Sayle, cerca de Port Tallon, Cornualles. Pero, a ciento treinta kilómetros por hora, el motor funcionaba a la perfección. Alex podía sentir la potencia del coche. Doscientos mil euros de ingeniería alemana. Con un simple toque, el delgado y serio conductor podía hacer que el Mercedes volase hacia delante. Aquel era un coche para el que no existían límites de velocidad.

Habían recogido a Alex esa mañana en una iglesia restaurada de Hampstead, al norte de Londres. Allí era donde vivía Félix Lester. Cuando el chófer llegó, Alex estaba esperando con su equipaje dispuesto e incluso había una mujer —una agente del MI6— que lo besó, le dijo que se limpiase los dientes y lo despidió. Hasta donde el conductor sabía, Alex era Félix.

Esa mañana Alex había leído el archivo y sabía que Lester iba a una escuela llamada Saint Anthony, que tenía dos hermanas y un perro labrador. Su padre era arquitecto. Su madre diseñaba joyas. Una familia feliz… su familia, si alguien se lo preguntaba.

—¿A cuánto estamos de Port Tallon? —preguntó.

Hasta entonces el conductor había pronunciado apenas palabra. Respondió a Alex sin mirarlo.

—Unas pocas horas. ¿Quieres escuchar música?

—¿Tiene algo de John Lennon? —no era elección suya. Según el archivo, a Félix Lester le gustaba John Lennon.

—No.

—Olvídelo. Intentaré dormir.

Necesitaba dormir. Aún estaba agotado del entrenamiento y se preguntaba cómo podría explicar los arañazos y cortes medio curados, si a alguien se le ocurría mirar bajo su camisa. Puede que les dijera que le habían pegado en el colegio. Cerró los ojos y dejó que el cuero lo envolviese para dormir.

Lo despertó la sensación de que el coche iba más lento. Abrió los ojos y vio un pueblo de pescadores con el mar azul detrás, rodeado de colinas redondeadas y verdes y un cielo sin nubes. Era una imagen de rompecabezas, una de las que aparecían en folletos de vacaciones, mostrando una Inglaterra olvidada. Las gaviotas giraban y chillaban en lo alto. Un viejo remolcador —redes enmarañadas, humo y pintura que se desprendía a escamas— atracaba en el muelle.

Unos pocos lugareños, pescadores y sus mujeres, rondaban por los alrededores, observando. Eran casi las cinco de la tarde y el pueblo estaba envuelto en la luz frágil y argentina que aparece al final de un día perfecto de primavera.

—Port Tallon —dijo el conductor. Debía de haberse dado cuenta de que Alex había abierto los ojos.

—Es hermoso.

—No para los peces.

Pasaron contorneando el pueblo y regresaron tierra adentro, por una carretera que serpenteaba entre campos extrañamente desnivelados. Alex vio las ruinas de edificios, chimeneas medio inclinadas y ruedas metálicas herrumbrosas, y comprendió que lo que estaba viendo era una antigua mina de estaño. Habían estado extrayendo estaño en Cornualles durante tres mil años, hasta que un día el estaño se acabó. Ahora no quedaban más que los agujeros.

Un par de kilómetros adelante, siguiendo la carretera, había una verja de metal continua. Era nueva, de diez metros de altura y rematada con alambre de espinos. Había focos sobre puntales a intervalos regulares e inmensos carteles rojos y blancos. Hubiera sido posible leerlos desde el condado vecino.

«Se disparará contra los intrusos», murmuró Alex para sus adentros. Recordó lo que le había dicho la señora Jones. *Tiene, más o menos, su propio ejército privado. Actúa como si tuviera algo que ocultar*. Bueno, desde luego esa fue su propia primera impresión. Todo aquel complejo tenía algo estremecedor, algo ajeno a las suaves colinas y campos.

El automóvil llegó a la puerta principal, que tenía una garita de seguridad y una barrera electrónica. Un guardia, con un uniforme azul y gris, en cuya chaqueta habían bordado SE, agitó la mano para indicar que pasasen. La barrera se alzó de forma automática. A partir de ahí siguieron por un tramo de tierra que alguien había allanado y que albergaba una pista de aterrizaje en un extremo y un grupo de cuatro edificios modernos en el otro. Los edificios eran grandes, de cristal oscuro y acero, unidos entre ellos por un pasadizo cubierto. Había dos aeronaves junto a la pista de aterrizaje. Un helicóptero y un pequeño avión de carga. Alex estaba impresionado. Todo aquel complejo debía de ocupar cinco kilómetros cuadrados. Era todo un despliegue.

El Mercedes llegó a una glorieta con una fuente en el centro, giró y continuó hacia una casa enorme y fantástica. Era de estilo victoriano, de ladrillo rojo rematado con cúpulas y chapiteles de cobre que hacía mucho tiempo que se habían tornado verdes. Debía de haber al menos dieciséis ventanas en las cinco plantas que miraban al sendero. Se trataba de una casa que no conocía el sentido de la mesura.

El Mercedes se detuvo ante la entrada principal y el conductor descendió.

—Sígueme.

—¿Y mi equipaje? —preguntó Alex.

—Ya te lo subirán.

Alex y el chófer cruzaron la puerta principal para entrar en un salón dominado por un lienzo inmenso que representaba el Día del Juicio, el fin del mundo, pintado hacía cuatro siglos con la imagen de una hirviente masa de almas y demonios. Había obras de arte por todas partes. Acuarelas y óleos, grabados, dibujos, esculturas de piedra y bronce, que se agolpaban por doquier, sin dar reposo al ojo. Alex siguió al conductor a través de una alfombra tan gruesa que casi rebotaba al caminar. Estaba comenzando a sentir claustrofobia y se alegró cuando atravesaron una puerta para acceder a una sala enorme, prácticamente vacía.

—El señor Sayle vendrá en breve —dijo el chófer, antes de marcharse.

Alex miró a su alrededor. La sala era moderna, con un escritorio curvilíneo de metal más o menos en el centro, luces halógenas dispuestas cuidadosamente y una escalera de caracol que bajaba desde un círculo perfecto cortado en el techo. Una de las paredes era un lienzo de cristal y, al aproximarse, Alex comprendió que lo que estaba viendo era un acuario gigantesco. El tremendo tamaño de todo aquello lo atrajo irremisiblemente. Resultaba difícil de imaginar cuántos miles de litros podía contener el cristal, pero se sorprendió al descubrir que el tanque estaba vacío. No había peces, aunque era lo bastante grande como para albergar a un tiburón.

Entonces algo se movió entre las sombras color turquesa y Alex boqueó atrapado por una mezcla de horror y asombro, al ver a la gigantesca medusa que acababa de mostrarse a sus ojos. El cuerpo de la criatura era una masa estremecida y pulsante, blanca y malva, con forma aproximada de cono. Debajo, una masa de tentáculos con ventosas circulares que se agitaban en las aguas, de al menos diez metros de largo. Cuando la medusa se movió, o fue empujada por alguna corriente artificial, sus tentáculos golpearon contra el cristal de forma que casi pareció que estaba tratando de romperlo. Era, sencillamente, la cosa más espantosa y repulsiva que Alex hubiera visto jamás.

—*Physalia physalis* —dijo una voz a sus espaldas, y Alex se giró a tiempo de ver cómo un hombre abandonaba el último escalón.

Herod Sayle era bajo. Tan bajo que la primera impresión de Alex fue que estaba mirando a un reflejo de alguna forma distorsionado. Con su traje negro, inmaculado y caro, y su sortija de oro y zapatos negros, brillantes y pulidos, parecía un modelo a escala de un multimillonario hombre de negocios. Era de piel muy oscura, por lo que los dientes le relucían al sonreír. Tenía una cabeza redonda y calva, y unos ojos espantosos. Los iris grises eran demasiado pequeños, completamente rodeados de blanco. A Alex le recordaron renacuajos antes de la transformación. Cuando Sayle se le acercó, los ojos estaban casi al mismo nivel que los suyos y transmitían menos calidez que la medusa.

—La Carabela Portuguesa —prosiguió Sayle. Tenía mucho acento, que lo acompañaba desde los tiempos del mercado de Beirut—. Hermosa, ¿no te parece?

—No me gustaría tener una como mascota —respondió Alex.

—Me hice con ella cuando pescaba en el sur del mar de China —Sayle señaló con un gesto hacia una vitrina de cristal, y Alex se percató de tres fusiles de pesca submarina y una colección de cuchillos que reposaba sobre huecos revestidos de terciopelo—. Me gusta pescar —prosiguió Sayle—. Pero, en cuanto vi este espécimen de *Physalia physalis,* supe que tenía que capturarla y traerla aquí. ¿Sabes? Me recuerda a mí mismo.

—Es, en un noventa y nueve por ciento, agua. No tiene cerebro, ni intestino, ni ano —Alex había recordado de alguna forma esos hechos y los había expuesto antes de saber lo que estaba haciendo.

Sayle lo miró, antes de volverse hacia la criatura que se cernía sobre él en el tanque.

—Es un intruso —dijo—. Vela por sí mismo e ignora a los demás peces. Es sigiloso y, aun así, exige respeto. ¿Ha visto usted un nematocisto, señor Lester?

¿Las celdillas urticarias? Si se ve atrapado entre ellas, sufrirá una muerte exquisita.

—Llámeme Alex —dijo Alex.

Quería decir Félix, pero se le escapó. Era el error más estúpido, el más de aficionado de entre todos los que podía cometer. Pero se había visto empujado a ello por la forma en que había aparecido Sayle, así como por la danza lenta e hipnótica de la medusa.

Los ojos grises giraron.

—Creí que te llamabas Félix.

—Mis amigos me llaman Alex.

—¿Por qué?

—Por Alex Ferguson. Soy un gran fan del Mánchester United —fue lo primero que se le ocurrió a Alex. Pero había visto un cartel de fútbol en la habitación de Félix Lester y sabía que, al menos, había elegido bien el equipo.

Sayle sonrió.

—Es de lo más divertido. Entonces te llamaré Alex. Espero que seamos amigos, Alex. Eres un chico muy afortunado. Has ganado un concurso y vas a ser el primer adolescente en probar mi Stormbreaker. Creo que también es una suerte para mí. Quiero que me des tu opinión al respecto. Quiero que me digas lo que te gusta… y lo que no —la mirada se hizo más profunda y, de repente, Sayle adoptó un aire comercial—. Quedan solo tres días para el lanzamiento —dijo—. Como decía mi padre, hay que ser *milditamente* rápidos. Haré que alguien te lleve a tu habitación y, mañana por la mañana, te pondrás manos a la obra. Hay un programa de matemáticas que podrás poner a prueba... y también de idiomas. Todo el *software* ha sido desarrollado por Sayle Enterprises. Por supuesto, hemos contado con la colaboración de adolescentes. Hemos consultado con profesores, con expertos. Pero tú, mi querido... Alex. Tú me serás de mayor utilidad que todos ellos juntos.

Según iba hablando, Sayle se había ido animando progresivamente, arrastrado por su propio entusiasmo. Alex tuvo que admitir que había sentido un inmediato disgusto por Herod Sayle. ¡No era de extrañar que Blunt y la gente del MI6 no confiasen en él! Pero ahora se veía obligado a pensar de nuevo. Estaba frente a uno de los hombres más ricos de Inglaterra, un hombre que había decidido, por pura generosidad, hacer un inmenso regalo a los estudiantes británicos. El hecho de que fuese raquítico y pegajoso no implicaba necesariamente que fuese un enemigo. Tal vez Blunt estaba equivocado después de todo.

—¡Ah! ¡Aquí está mi factótum! —dijo Sayle—. ¡Y *mil-ditamente* a tiempo!

La puerta se había abierto para dar paso a un hombre, vestido con el traje negro y la corbata de un mayordomo anticuado. Era tan alto y delgado como bajo y grueso su patrón, con una mata de pelo cobrizo sobre un rostro tan blanco como el papel. Visto de lejos parecía sonreír, pero, cuando estuvo más cerca, produjo una gran impresión a Alex. El hombre tenía dos cicatrices horrendas, una a cada lado de la boca, que le llegaban casi a las orejas. Parecía como si alguien hubiese intentado cortarle el rostro en dos. Las cicatrices eran una tosca sombra amoratada. Había otras cicatrices más pequeñas en sus mejillas, allí donde en otro tiempo le habían dado sutura.

—Este es el señor Grin[6] —dijo Sayle—. Cambió de nombre tras el accidente.

—¿Accidente? —A Alex le resultaba difícil no mirar con fijeza aquellas terribles heridas.

—El señor Grin solía trabajar en un circo. En un novedoso número de lanzamiento de cuchillos. El plato fuerte consistía en que atrapaba entre los dientes un cuchillo lanzado, pero una noche su anciana madre acudió a ver el espectáculo. Lo saludó con una mano desde la primera fila y le hizo perder la concentración. Ha trabajado para mí durante una docena de años y, aunque su aspecto pueda resultar desagradable, es leal y eficiente. No trate de hablar con él, por supuesto. No tiene lengua.

—¡Ugggg! —dijo el señor Grin.

—Encantado de conocerlo —musitó Alex.

—Llévelo a la habitación azul —ordenó Sayle. Se volvió hacia Alex—. Tienes suerte de que una de nuestras mejores habitaciones esté libre... aquí mismo, en la casa. Teníamos alojado ahí a un agente de seguridad. Pero nos abandonó de forma bastante repentina.

---

[6] Grin significa sonrisa. (*N. del T.*)

—¡Oh! ¿Y cómo ocurrió? —preguntó Alex como quien no quiere la cosa.

—No tengo la menor idea. Estaba aquí y de repente se marchó —Sayle volvió a sonreír—. Espero que no hagas tú lo mismo, Alex.

—¡Urr... gggg! —el señor Grin le señaló la puerta y, dejando a Herod Sayle frente a su inmensa cautiva, Alex abandonó la habitación.

Lo condujo a través de un pasillo, dejando atrás más obras de arte, para subir una escalera y después marchar a lo largo de un ancho corredor con puertas de gruesos paneles de madera y arañas de cristal. Alex supuso que la casa principal se usaba para alojamiento. El propio Sayle debía de vivir allí. Pero los ordenadores tenían que construirse en el moderno edificio que había visto frente al aeródromo. Tal vez lo llevasen allí al día siguiente.

La habitación se encontraba al fondo de todo. Era una gran estancia con una cama de columnas y una ventana que daba a una fuente. La oscuridad había caído y el agua, saltando en un chorro de diez metros de altura sobre una estatua semidesnuda que se parecía de forma notable a Herod Sayle, estaba iluminada de forma inquietante por media docena de luces ocultas. Cerca de la ventana había una mesa con un refrigerio tardío ya dispuesto para él: jamón, queso, ensalada. Su bolsa de viaje estaba sobre la cama.

Se acercó a esta última —una bolsa de deportes Nike— y la estudió. Al cerrarla, había metido tres pelos en la cremallera, atrapándolos entre los dientes metálicos. Ya no estaban ahí. Alex abrió la bolsa para examinar su interior. Todo estaba exactamente como lo había guardado, pero aun así tuvo la certeza de que lo habían examinado de forma experta y metódica.

Sacó la Game Boy Advance, insertó la tarjeta de Speed War y apretó el botón START tres veces. Al instante, la pantalla se iluminó con un rectángulo verde, con la forma de la estancia. Alzó la Game Boy y la pasó a su alrededor, siguiendo la línea de los muros. Un punto rojo que parpadeaba apareció en la pantalla. Se acercó, manteniendo la Game Boy delante. El punto parpadeó más rápido y con mayor intensidad. Había llegado a un cuadro que colgaba cerca del baño, un revoltijo de colores que recordaba de forma sospechosa a un Picasso. Bajó la Game Boy y separó con cuidado el lienzo del muro. El aparato estaba detrás y se trataba de un disco negro del tamaño aproximado de una moneda de cincuenta céntimos. Alex lo observó durante un minuto, preguntándose por qué estaría allí. ¿Por seguridad? ¿O era Sayle tan maniático del control que tenía que saber lo que sus invitados hacían cada minuto del día o la noche?

Alex recolocó la pintura. No había más que un aparato de esos en la habitación. El baño estaba limpio.

Se tomó la cena, se duchó y se dispuso a meterse en la cama. Al pasar ante la ventana, advirtió cierta actividad en el terreno situado junto a la fuente. Había luces que brillaban en los modernos edificios. Tres hombres, todos vestidos con monos blancos, iban hacia la casa en un todoterreno abierto. Dos más pasaban caminando. Se trataba de guardias de seguridad, vestidos con el mismo uniforme que el hombre de la puerta. Todos llevaban metralletas semiautomáticas. No solo se trataba de un ejército privado, sino que estaba bien armado.

Se metió en la cama. La última persona que había dormido allí era su tío, Ian Rider. ¿Habría visto algo al mirar por la ventana? ¿Habría escuchado algo? ¿Qué podía haber sucedido que habían tenido que matarlo?

Le costó mucho conciliar el sueño en la cama del muerto.

BUSCANDO PROBLEMAS

ALEX lo vio en el preciso momento de abrir los ojos. Hubiera sido obvio para cualquiera que hubiese dormido en esa cama, pero, claro, nadie lo había hecho desde que habían matado a Ian Rider. Se trataba de un triángulo blando metido en un pliegue del baldaquino situado sobre la cama de cuatro columnas. Había que estar tumbado de espaldas para verlo, tal y como estaba Alex en ese preciso instante.

Se hallaba fuera de su alcance. Tendría que poner una silla sobre el colchón y luego subirse a ella para alcanzarlo. Tambaleándose, a punto de caer, se las arregló por último para atraparlo entre sus dedos y sacarlo.

Se trataba, de hecho, de un cuadrado de papel, doblado dos veces. Alguien lo había pintarrajeado, con un dibujo extraño y lo que parecía un número de referencia justo debajo.

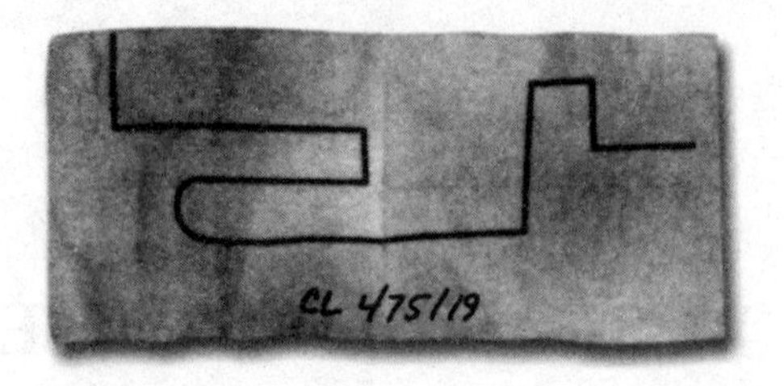

No era mucho, pero Alex reconoció la caligrafía de Ian Rider. ¿Pero qué podía significar? Se vistió, fue a la mesa y alcanzó una hoja de papel en blanco. Con rapidez, escribió un mensaje breve en mayúsculas.

ENCONTRADO ESTO EN EL CUARTO DE IAN RIDER. ¿TIENE ALGÚN SENTIDO PARA USTEDES?

Luego agarró la Game Boy, insertó el cartucho Némesis en la parte trasera, lo encendió y pasó la pantalla sobre las dos hojas de papel, digitalizando primero el mensaje y luego el dibujo. Supo que de manera instantánea una máquina lanzaría un aviso en la oficina de la señora Jones en Londres y una copia de las dos páginas saldría por la ranura. Quizá ella le encontrase un sentido. Después de todo, se suponía que ella trabajaba para Inteligencia.

Por último, Alex apagó la Game Boy antes de retirar la tapa trasera y esconder el papel doblado en la zona de la batería. Ese diagrama tenía que ser importante. Ian Rider lo había ocultado. Puede que se tratase de lo que le había costado la vida.

Llamaron a la puerta. Alex se acercó y abrió. El señor Grin estaba esperando fuera, aún vestido con su uniforme de mayordomo.

—Buenos días —dijo Alex.

—¡Urrggg! —El señor Grin hizo un gesto y Alex lo siguió por el pasillo hasta salir de la casa. Se sintió aliviado al encontrarse al aire libre, lejos de tanta obra de arte. Se detuvieron frente a la fuente; se escuchó un súbito rugido y un avión de carga de hélices pasó descendiendo sobre el techo de la casa y tomó tierra en el aeródromo.

—Aggg ag taarrr —le explicó el señor Grin.

—Justo lo que yo pensaba —repuso Alex.

Llegaron al primero de los modernos edificios y el señor Grin apretó la mano contra una placa de cristal situada junto a la puerta. Se produjo un resplandor verde mientras leían sus dedos, y un momento más tarde la puerta se abrió de forma silenciosa.

Todo era diferente al otro lado de la puerta. Alex bien pudiera haber pasado, del arte y la elegancia de la casa, al siglo siguiente. Largos corredores de suelos metálicos. Luces halógenas. El frescor antinatural del aire acondicionado. Otro mundo.

Los estaba esperando una mujer de anchos hombros y expresión severa, con su pelo rubio recogido en un moño apretado. Tenía un rostro redondo y extrañamente inexpresivo, con gafas de alambre y sin maquillaje, fuera de un trazo de lápiz de labios amarillo. Vestía una chaqueta blanca con una placa identificativa en la pechera. Decía: VOLE.

—Tú debes ser Félix —dijo ella—. O creo que mejor dicho Alex. ¡Sí! Deja que me presente. Soy Fräulein Vole —tenía un acento alemán cerrado—. Puedes llamarme Nadia —lanzó una mirada al señor Grin—. Ya me ocupo yo de él a partir de ahora.

El señor Grin cabeceó y salió del edificio.

—Por aquí —Vole echó a andar—. Tenemos cuatro bloques aquí. Ahora estamos en el A, que corresponde a Administración y Descanso. El Bloque B se destina a Desarrollo de *Software*. El Bloque C a Investigación y Almacenaje. En el Bloque D es donde está la cadena de montaje del Stormbreaker.

—¿Dónde se desayuna? —preguntó Alex.

—¿No has comido? Te pediré un sándwich. Herr Sayle está ansioso de que comiences con las pruebas.

Caminaba como un soldado: la espalda recta, los pies calzados con zapatos de cuero negro repiqueteando contra el suelo. Alex la siguió a través de una puerta hasta una habitación cuadrada y desnuda que contenía una silla y un escritorio; sobre este último se encontraba el primer Stormbreaker que veía.

Se trataba de una máquina hermosa. El iMac podía haber sido el primer ordenador con un sentido real en cuanto a diseño, pero el Stormbreaker lo sobrepasaba con mucho. Era totalmente negro, a excepción del arranque situado en un lado, y la pantalla podía haber sido una compuerta al espacio exterior. Alex se sentó tras el escritorio y lo encendió. El ordenador arrancó de inmediato. Un ramillete de luces animadas pasó por la pantalla, se produjo un revuelo de nubes y luego aparecieron en rojo brillante las letras SE, el logo de Sayle Enterprises. El escritorio surgió segundos más tarde, con iconos para las matemáticas, ciencia, francés —para cada materia— listo para iniciar. Aun en esos pocos segundos, Alex pudo sentir la rapidez y la potencia del ordenador. ¡Y Herod Sayle iba a dar uno a cada estudiante del país! Tenía que admirar a aquel hombre. Era un regalo soberbio.

—Te dejo solo —dijo Fräulein Vole—. Creo que es mejor que explores el Stormbreaker por tu cuenta. Esta noche cenarás con Herr Sayle y podrás contarle qué has sentido.

—Vale... le diré lo que siento.

—Haré que te manden el sándwich. Pero he de pedirte que no abandones el cuarto. Es una cuestión de seguridad; espero que lo entiendas.

—Lo que usted diga, señorita Vole —repuso Alex.

La mujer se marchó. Alex abrió los programas y durante las tres siguientes horas se sumergió en el novedoso *software* del Stormbreaker. Cuando llegó su sándwich, lo ignoró, dejándolo intacto en el plato. Nunca hubiera dicho antes que el trabajo escolar era divertido, pero tenía que admitir que aquel ordenador lo conseguía. El programa de historia recreaba la batalla de Port Stanley[7] con música y videoclips. ¿Cómo sacar oxígeno del agua? El programa de ciencia lo mostraba ante sus mismos ojos. El Stormbreaker se las arreglaba incluso para hacer soportable la geometría, cosa que era más de lo que el señor Donovan había conseguido jamás en Brookland.

Cuando Alex quiso mirar a su reloj, era ya la una de la tarde. Había estado en aquella habitación durante cuatro horas. Se estiró y se puso en pie. Nadia Vole le había dicho que no saliese, pero si había secretos que desvelar en Sayle Enterprises, no lo iba a conseguir quedándose allí. Se dirigió hacia la puerta y se sorprendió al descubrir que se abría cuando se acercaba. Salió al pasillo. No había nadie a la vista. Era hora de moverse.

El Bloque A estaba destinado a Administración y Recreo. Alex pasó ante cierto número de despachos, luego una desnuda cafetería de azulejos blancos. Había cerca de cuarenta hombres y mujeres, todos con batas blancas y placas de identificación, sentados y charlando animadamente mientras almorzaban. Había elegido un buen momento. Nadie reparó en él y prosiguió a través de un pasadizo de plexiglás hasta llegar al Bloque B. Había pantallas de ordenador por to-

---

[7] Port Stanley, capital de las islas Malvinas, en el Atlántico Sur y protagonista de una de las batallas en la Guerra de las Malvinas (1982) que enfrentó a Argentina y Gran Bretaña por la posesión del archipiélago. (*N. del T.*)

das partes que resplandecían en estrechos despachos atestados de papeles y listados de ordenador. Desarrollo de *Software*. A través del Bloque C —Investigación— pasó una biblioteca repleta de interminables baldas cubiertas de libros y CD-ROM. Alex se escondió tras una estantería cuando pasaron dos técnicos hablando entre ellos. Estaba libre, dejado a sus propios medios, dando vueltas y sin tener una idea de qué estaba buscando. Problemas, sin duda. ¿Qué tenía que encontrar?

Caminó lentamente, con tranquilidad, por el pasillo, dirigiéndose hacia el siguiente bloque. Alcanzó a oír un murmullo de voces y se dirigió con rapidez a un esquinazo, para esconderse detrás de un dispensador de agua, al tiempo que dos hombres y una mujer, todos con batas blancas, pasaban de largo, discutiendo sobre servidores web. En lo alto, se percató de la existencia de una cámara de seguridad que giraba hacia él. En cinco segundos lo descubriría, pero tuvo que aguardar hasta que los técnicos se hubieron marchado, para después echar a correr, justo por delante de las lentes de gran angular.

¿Lo habría descubierto? Alex no estaba seguro. Pero sí sabía algo: estaba corriendo contrarreloj. Puede que Vole ya hubiese ido a buscarlo. Puede que alguien le hubiese llevado la comida a la habitación vacía. Si iba a encontrar algo, tenía que ser pronto…

Se lanzó por el pasillo de cristal que unía los Bloques C y D, y allí por fin encontró algo diferente. El corredor estaba partido por la mitad, con una escalera metálica que llevaba abajo, hacia lo que debía ser algún tipo de sótano. Y si cada edificio y cada puerta que había visto hasta el momento ostentaban un rótulo, la escalera no tenía nada. No había luz a partir de la mitad de los peldaños. Era casi como si hubiesen intentado que las escaleras pasasen desapercibidas.

Un resonar de zapatos sobre metal. Alex retrocedió y un momento más tarde apareció el señor Grin, emergiendo del suelo como un vampiro en un mal día. Cuando el sol dio de lleno sobre su rostro mortecino y blanco, las cicatrices se contorsionaron y él parpadeó varias veces, antes de adentrarse en el bloque D.

¿Qué había estado haciendo? ¿Adónde conducían las escaleras? Alex se apresuró a descender. Era como sumergirse en un depósito de cadáveres. El aire acondicionado estaba puesto tan fuerte que podía sentirlo en su frente y en las palmas de las manos, congelándolo con rapidez.

Se detuvo al final de las escaleras. Había otro largo pasadizo que retornaba bajo el complejo, por el camino que ya había recorrido. Llevaba a una simple puerta de metal. Pero había algo muy extraño. Los muros del pasadizo estaban sin rematar; se veía roca marrón oscura y vetas de lo que parecía cinc o algún otro metal. El suelo también resultaba tosco y todo el pasaje estaba iluminado con anticuadas bombillas que colgaban de cables. Todo aquello recordaba algo... algo que había visto hacía poco. Pero no podía recordar qué.

lex se entrena
on las fuerzas
especiales.

«¿Mandan ustedes
a niños de catorce
años para hacer
el trabajo sucio?
Yo diría que eso no
es muy inglés.»

Mientras Alex
está fuera,
Nadia Vole
sorprende a
Jack Starbright
con una visita.
Parece que ni
el té ni la
charla están
en el orden
del día.

Probando el ordenador Stormbreaker.

El circunspecto señor Grin, asistente personal de Sayle..

Investigacione subterráneas.

Alex descubre lo que realmente pasa entre bastidores.
¿Pero llega demasiado tarde?

Escapando de
Sayle Enterprises.
Cara a cara
con Yassen
Gregorovich... el
verdadero asesino
de Ian Rider.

Ian Rider se
da a la fuga...
RI D3R
Alex Rider entra
en acción.

Alan Blunt,
responsable del MI6
«Te habrás dado
cuenta de que tu
tío no trabajaba
en un banco.
Trabajaba para
nosotros.»
La señora Jones,
responsable
de Operaciones
Especiales.
Smithers,
el experto en
artilugios.

De alguna forma, Alex supo que la puerta situada al final del pasadizo tenía que estar bloqueada. Parecía como si la hubieran bloqueado para siempre. Lo mismo que las escaleras, no mostraba cartel alguno. De alguna forma, parecía demasiado pequeña para ser importante. Pero el señor Grin había salido de esas escaleras. Del único lugar que podía proceder era del otro lado de la puerta. ¡Esa puerta tenía que llevar a algún lado!

Se acercó y tiró del pasador. No se movió. Puso la oreja contra el metal y escuchó. Nada, pero… ¿eran imaginaciones suyas?... una especie de batir. Una bomba o algo parecido. Alex hubiera dado lo que fuese por poder mirar a través del metal, y de repente comprendió que podía. La Game Boy en su bolsillo. La sacó, insertó el cartucho del Exocet, la encendió y la puso de cara contra la puerta.

La pantalla parpadeó y se encendió una pequeña ventana a través de la puerta metálica. Alex estaba viendo una gran estancia. Había algo alto, con forma de barril, en el centro de la misma. Y había gente allí. Fantasmales, eran como borrones en la pantalla, y se movían adelante y atrás. Algunos de ellos acarreaban objetos… planos y rectangulares. ¿Bandejas de algún tipo? Parecía haber un escritorio en un lado, cubierto de aparatos que no pudo reconocer. Alex apretó el control de brillo, tratando de hacer zum. Pero la estancia era demasiado grande. Todo estaba, además, demasiado lejos.

Buscó en su bolsillo y sacó los auriculares. Aún sosteniendo la Game Boy contra la puerta, metió el cable en la toma y se puso los cascos. Si no podía ver, al menos podría escuchar... y las voces llegaron hasta él, débiles e inconexas, pero audibles gracias al sistema de escucha inserto en la máquina.

—... en su sitio. Tenemos veinticuatro horas.

—No es suficiente.

—Es cuanto tenemos. Llega esta noche. A las 02.00.

Alex no reconoció ninguna de las voces. Amplificadas por aquel pequeño artefacto, sonaban como una llamada telefónica desde el extranjero a través de líneas defectuosas.

—... Grin... supervisando la entrega.

—Seguimos sin tener el tiempo suficiente.

Luego desaparecieron. Alex trató de encajar lo que había oído. Iban a entregar algo. Dos horas después de la medianoche. El señor Grin se encargaba de la entrega.

¿Pero, qué? ¿Por qué?

Acababa de apagar la Game Boy y devolverla a su bolsillo cuando escuchó a sus espaldas un roce de zapatos que le indicó que ya no estaba solo. Se volvió para encontrarse con que estaba cara a cara con Nadia Vole. Alex comprendió que había tratado de sorprenderlo. Había descubierto que estaba allí abajo.

—¿Qué estás haciendo, Alex? —preguntó. Su voz estaba llena de miel emponzoñada.

—Nada —respondió él.

—Te dije que te quedases en la sala de ordenadores.

—Sí. Pero he estado allí toda la mañana. Necesitaba un descanso.

—¿Y bajaste aquí abajo?

—Vi las escaleras. Pensé que podía llevar al baño.

Se produjo un largo silencio. A sus espaldas, Alex aún podía escuchar, o sentir, el batir procedente de la habitación secreta. Luego la mujer cabeceó, como si hubiese decidido aceptar la historia.

—No hay nada aquí abajo —dijo—. Esta puerta no lleva más que a la sala del generador. Si no te importa... —Hizo un gesto—. Te llevaré de vuelta a la casa, ¿de acuerdo? Y luego tendrás que prepararte para la cena con Herr Sayle. Quiere conocer tus primeras impresiones acerca del Stormbreaker.

Alex la rebasó, dirigiéndose hacia las escaleras. Tenía razón en dos cosas. La primera era que Nadia Vole estaba mintiendo. No se trataba de una sala de generadores. Estaba ocultándole algo. Y ella tampoco lo había creído. Una de las cámaras debía haberlo detectado y la habían mandado a buscarlo. Así que ella sabía que él le estaba mintiendo.

No era una buena forma de empezar.

Alex llegó a las escaleras y subió hasta la luz mientras sentía cómo los ojos de la mujer, semejantes a dagas, se clavaban en su espalda.

VISITANTES NOCTURNOS

HEROD Sayle estaba jugando al billar cuando llevaron a Alex de vuelta a la habitación de la medusa. Era difícil saber cómo aquella mesa moderna de billar había llegado hasta allí, y Alex no pudo evitar pensar que aquel pequeño sujeto se veía un poco ridículo, casi perdido, al fondo del paño verde. El señor Grin estaba con él, portando un escabel sobre el que Sayle se empinaba para cada golpe. De no ser por eso, difícilmente hubiera podido alcanzar por encima del borde.

—Ah... Buenas tardes, Félix. ¡O mejor dicho, Alex! —exclamó—. ¿Juegas al billar?

—A veces.

—¿Te gustaría jugar conmigo? No quedan más que tres bolas rojas, y las de color. Pero estoy convencido de que no conseguirías un solo punto.

—¿Cuánto nos apostamos?

—¡Ja, ja! —se echó a reír Sayle—. ¿Qué tal diez libras el punto?

—¿Tanto? —Alex parecía sorprendido.

—Para un hombre como yo, diez libras no son nada. ¡Nada! ¡Podría perder alegremente cien libras por punto!

—Entonces, hagámoslo así —las palabras eran suaves, pero de un desafío abierto.

Sayle observó con detenimiento a Alex.

—Muy bien —repuso—. Cien libras el punto. ¿Por qué no? Me gusta el juego. Mi padre era jugador.

—Creí que era peluquero.

—¿Quién te lo dijo?

Alex se maldijo en silencio para sus adentros. ¿Por qué no podía ser más cuidadoso al hablar con aquel hombre?

—Lo leí en un periódico —dijo—. Mi padre reunió bastante información sobre usted cuando gané el concurso.

—Cien libras el punto, entonces. Pero no esperes hacerte rico —Sayle golpeó la bola blanca, enviando una de las rojas directamente al agujero del medio. La medusa pasaba flotando, como si contemplase el juego desde su tanque. El señor Grin agarró el taburete y lo desplazó alrededor de la mesa. Sayle rio brevemente y siguió a su mayordomo, calculando ya el siguiente golpe, una negra bastante difícil a la esquina.

—¿A qué se dedica tu padre? —preguntó.

—Es arquitecto —respondió Alex.

—¿Sí? ¿Qué diseña? —La pregunta parecía casual, pero Alex se preguntó si lo estaban interrogando.

—Trabaja en un estudio del Soho —dijo Alex—. Antes trabajó en una galería de arte de Aberdeen.

—Sí —Sayle se subió al escabel y tomó distancia. La bola negra erró el agujero de la esquina por una fracción de milímetro, rebotando hasta el centro de la mesa. Sayle frunció el ceño—. Ha sido tu *mildita* culpa —recriminó al señor Grin.

—¿Urg?

—Tu sombra sobre la mesa. ¡No lo olvides, no lo olvides! —Se volvió hacia Alex—. Has tenido mala suerte. No va a entrar ninguna de las bolas. No vas a ganar dinero esta vez.

Alex agarró un taco de la pared y examinó la mesa. Sayle tenía razón. La última de las rojas estaba cerca de la banda. Pero en el billar hay otras formas de ganar puntos y Alex lo sabía muy bien. Era uno de los muchos juegos que había jugado con Ian Rider. Los dos habían incluso pertenecido a un club de Chelsea y Alex había formado parte del equipo juvenil. Eso era algo que no había mencionado a Sayle. Apuntó a la roja con cuidado, luego la golpeó. Perfecto.

—¡Nada! —Sayle ya se había acercado a la mesa y las bolas antes de que estas hubiesen dejado de rodar. Pero había hablado demasiado pronto. Observó cómo la bola blanca golpeaba contra la banda e iba rodando hasta quedar detrás de la rosa. Ahora estaba en un apuro. Durante casi veinte segundos se dedicó a medir los ángulos, respirando ruidosamente por la nariz—. ¡Has tenido una *mildita* suerte! —exclamó—. Parece que me has puesto, por pura suerte, en un buen apuro. Bueno, veamos… —se concentró, luego golpeó la blanca, tratando de sortear la rosa. Hubo un clic audible cuando tocó a esta última.

—Mal golpe —terció Alex—. Seis puntos para mí. ¿Eso son seiscientas libras, no?

—¿Cómo?

—Ese golpe significa que me gano seis puntos. A cien libras el punto…

—¡Sí, sí, sí! —La saliva cubrió los labios de Sayle. Estaba mirando a la mesa como si no pudiese creer lo que estaba ocurriendo.

Su tiro había dejado expuesta la bola roja. Era un tiro fácil, para meter en el agujero de la esquina, y Alex lo realizó sin dudar.

—Otros cien, y van setecientos —dijo. Se desplazó por la tabla, rozando al pasar al señor Grin. Calculó con rapidez los ángulos. Sí…

Dio un golpe perfecto a la negra y la envió a la esquina con la blanca girando detrás, en un buen ángulo respecto a la amarilla. Cuatrocientas libras más y otras doscientas cuando metió la amarilla inmediatamente después. Sayle solo pudo observar lleno de disgusto cómo Alex metía la verde, la marrón, la azul y la rosa, en ese orden, antes de hacerlo, atravesando toda la mesa, con la negra.

—Esto hace cuatro mil cien libras —declaró Alex. Dejó a un lado el taco—. Muchas gracias.

El rostro de Sayle se había puesto del color de la última bola.

—¡Cuatro mil...! No hubiera jugado de saber que eres tan *milditamente* bueno —dijo. Se acercó al muro y apretó un botón. Parte del suelo retrocedió y toda la mesa de billar desapareció, arrastrada por un mecanismo hidráulico. Cuando el suelo volvió a su lugar, no había trazas de que alguna vez hubiese estado allí. Era un buen truco. El juguete de un hombre con dinero para gastar.

Pero Sayle ya no estaba de humor para juegos. Lanzó su taco de billar al señor Grin, arrojándolo casi como si fuese una jabalina. La mano del mayordomo se disparó y lo atrapó en el aire.

—Vamos a comer —dijo Sayle.

* * *

Se sentaron los dos, frente a frente, en una gran mesa de cristal en la habitación contigua, mientras el señor Grin servía salmón ahumado y después un guiso de algún tipo. Alex bebió agua. Sayle, que había alegrado de nuevo la cara, un vaso de vino tinto de reserva.

—¿Has pasado algún tiempo con el Stormbreaker hoy? —preguntó.

—Sí.

—¿Y...?

—Es fabuloso —contestó Alex, y era lo que sentía. Aún le resultaba difícil de creer que aquel personaje ridículo pudiera haber creado algo tan brillante y poderoso.

—¿Qué programas has usado?

—Historia. Ciencias. Matemáticas. Es difícil de creer, ¡pero lo cierto es que lo disfruté!

—¿Tienes algo que criticar?

Alex se lo pensó durante un instante.

—Me sorprendió que no hubiese aceleración 3D.

—El Stormbreaker no está pensado para juegos.

—¿Ha considerado la posibilidad de acoplar unos auriculares y un micrófono integrado?

—No —Sayle cabeceó—. Es una buena idea. Siento mucho que hayas venido solo para un corto espacio de tiempo, Alex. Mañana entrarás en Internet. El Stormbreaker está conectado a un servidor. Se controla desde ahí. Eso implica veinticuatro horas de acceso gratuito.

—Eso es fabuloso.

—Es más que eso —los ojos de Sayle estaban ahora muy lejos, los iris grises estrechados, bailoteantes—. Mañana comenzaremos a distribuir los ordenadores —dijo—. Irán por avión, camión y barco. Nos llevará solo un día colocarlos en cada punto del país. Y, pasado mañana, a las doce en punto, a mediodía para ser exactos, el primer ministro me hará el honor de apretar el botón de arranque que pondrá a todos los Stormbreaker en línea. En ese momento, todos los colegios estarán unidos. ¡Piensa en ello, Alex! Millares de estudiantes, cientos de miles, sentados frente a las pantallas, de repente unidos. Norte, sur, este y oeste. Un colegio. Una familia. ¡Y entonces sabrán de lo que soy capaz!

Alzó la copa y la vació.

—¿Qué tal está la cabra? —preguntó.

—¿Cómo dice?

—El estofado. La carne es de cabra. Es una receta de mi madre.

—Debió de ser una mujer excepcional.

Herod Sayle alzó la copa y el señor Grin la llenó de nuevo. Sayle estaba observando a Alex con curiosidad.

—¿Sabes? —dijo—. Tengo la extraña sensación de que nos hemos visto antes.

—No creo…

—Pero yo sí. Tu rostro me resulta familiar. ¿Señor Grin? ¿Qué opina al respecto?

El mayordomo retrocedió con el vino. Su cara blanca y muerta se giró para observar a Alex.

—¡Iggg Raadd! —dijo.

—Sí, claro. ¡Tiene razón!

—¿Iggg Raadd? —preguntó Alex.

—Ian Rider. El hombre de seguridad del que te hablé. Te pareces mucho a él. ¿Una buena coincidencia, no crees?

—No lo sé, nunca me he encontrado con él —Alex podía sentir que el peligro lo rondaba—. Me dijo usted que se había ido de repente.

—Sí. Lo enviaron aquí para supervisar la marcha de las cosas, pero, si quieres mi opinión, era *milditamente* ineficaz. Pasaba la mitad del tiempo en el pueblo. En el puerto, en la oficina de correos, en la biblioteca. Eso cuando no estaba husmeando por aquí, claro. Eso, por cierto, es algo que tenéis en común. He oído que Fräulein Vole te encontró hoy... —Las pupilas de Sayle se clavaron en sus ojos, tratando de apabullar a Alex—. Saliste de los límites.

—Me perdí —Alex se encogió de hombros, tratando de restarle importancia.

—Bien. Espero que no salgas a deambular de noche. La seguridad es muy estricta en estos momentos y, como habrás podido ver, mis hombres están armados.

—Creía que eso no era legal en Gran Bretaña.

—Tengo una licencia especial. En cualquier caso, Alex, tengo que prevenirte para que vayas directamente a tu cuarto después de la cena. Y para que te quedes allí. Me disgustaría mucho que alguien te disparase y matase en la oscuridad. Aunque eso, por supuesto, me libraría de pagarte las cuatro mil libras.

—Lo cierto es que creo que ha olvidado darme el cheque.

—Lo tendrás mañana mismo. Puede que podamos cenar juntos. El señor Grin servirá una de las recetas de mi madre.

—¿Más cabra?

—Perro.

—Está claro que su familia amaba a los animales.

—Solo los comestibles —Sayle sonrió—. Y ahora te deseo buenas noches.

A la una y media de la madrugada, Alex abrió los ojos y se encontró totalmente despierto.

Salió de la cama y se vistió con rapidez sus ropas oscuras, antes de dejar la habitación. Estaba sorprendido a medias de que la puerta estuviese abierta y de que los corredores no parecieran vigilados por cámaras. Pero aquella era, después de todo, la casa privada de Sayle y la seguridad tenía que haber sido diseñada para impedir que la gente entrase, no que saliese.

Sayle le había avisado de que no saliese de la casa. Pero las voces que había oído detrás de la puerta de metal habían hablado sobre algo que llegaría a las dos en punto. Alex tenía que saber qué era.

Encontró el camino de la cocina y pasó de puntillas a través de un espacio lleno de resplandecientes superficies metálicas y un enorme congelador norteamericano. No despiertes al perro, se dijo para sí mismo, recordando lo que se iba a servir en la cena del día siguiente. Había una puerta lateral y, por suerte, la llave estaba en la cerradura. Alex la giró y salió. En el último instante, como medida de precaución adicional, cerró la puerta y se guardó la llave. Al menos ahora tenía una vía de escape.

Hacía una noche suave y gris, con una media luna que formaba una D perfecta en el cielo. ¿D de qué?, se preguntó Alex. ¿D de dificultades? ¿De descubrimiento? ¿De desastre? Solo el tiempo lo diría. Dio dos pasos adelante, antes de inmovilizarse, cuando pasó la luz de un foco, a centímetros de él, procedente de una torre que no había visto antes. Al mismo tiempo oyó voces, y dos guardias pasaron caminando con lentitud por el jardín, de patrulla por la parte trasera de la casa. Los dos estaban armados y Alex recordó lo que le había dicho Sayle. Un tiro accidental le ahorrarían cuatro mil libras. Y, dada la importancia que tenía el Stormbreaker, ¿quién se iba a preocupar de cuán accidental pudiese haber sido el tiro?

Esperó hasta que se fueron los hombres, antes de tomar la dirección contraria, corriendo por el costado de la casa y agachándose al pasar bajo las ventanas. Llegó a la esquina y miró. A lo lejos, la pista de aterrizaje estaba iluminada y había gente —más guardias y técnicos— por todas partes. Reconoció a un hombre que pasaba junto a la fuente, dirigiéndose hacia un camión que lo aguardaba. Era alto y desgarbado, una silueta en negro recortada contra las luces. Pero Alex hubiera reconocido al señor Grin en cualquier parte. *Llegarán esta noche. A las 02.00*. Visitantes nocturnos. Y el señor Grin estaba en camino para reunirse con ellos.

El mayordomo había llegado ya casi al camión y Alex comprendió que si esperaba más, sería demasiado tarde. Dejando de lado cualquier precaución, abandonó la protección de la casa y echó a correr por el espacio abierto, tratando de agacharse y esperando que sus ropas oscuras lo hiciesen invisible. Estaba a solo quince metros del camión cuando el señor Grin se detuvo de repente y se giró, como si se hubiese apercibido que había alguien allí. No había ningún lugar en el que Alex pudiese ocultarse. Solo podía hacer una cosa, de modo que se arrojó de bruces al suelo, enterrando el rostro en la hierba. Contó lentamente hasta cinco y luego alzó la mirada. El señor Grin se había vuelto de nuevo. Había aparecido una segunda figura... Nadia Vole. Al parecer, ella era la conductora. Murmuró algo mientras subía al asiento de delante. El señor Grin gruñó y asintió.

Para entonces, el señor Grin había dado la vuelta y llegado al asiento del copiloto, y Alex se acercaba corriendo de nuevo. Llegó a la parte trasera del camión justo cuando comenzaba a moverse. Era parecido a los camiones que había visto en el campamento de los SAS. Podía ser un excedente militar. La caja era alta y cuadrada, cubierta con tela encerada. Alex se colgó de la compuerta trasera y subió. Justo a tiempo. Acababa de entrar cuando un coche arrancó detrás de ellos, iluminando de lleno la parte trasera del camión con sus faros. De haber esperado unos segundos más, lo hubiesen visto.

Al final, un convoy de cinco vehículos abandonó Sayle Enterprises. El camión en el que estaba Alex era el penúltimo. Además del señor Grin y Nadia Vole, al menos una docena de guardias uniformados hacían el viaje. ¿Pero hacia dónde? Alex no se atrevía a mirar por la compuerta, dado que tenían un coche justo detrás. Sintió cómo el camión reducía la marcha al llegar a la puerta principal, y luego se encontraron en la carretera principal, acelerando cuesta arriba y alejándose del pueblo.

Alex pasó todo el viaje sin ver nada. Se vio lanzado por el suelo de metal cuando tomaron una curva cerrada y solo supo que habían dejado la carretera principal cuando de repente se encontró botando. El camión se movía ahora con mayor lentitud. Sintió que estaba bajando cuesta abajo, siguiendo un camino de cabras. Y entonces pudo oír algo, aun por encima del ruido del motor. Olas. Habían llegado al mar.

El camión se detuvo. Se escuchó el abrir y cerrar de puertas de coches, el crujido de las botas sobre las rocas, las voces hablando. Alex se agazapó, temeroso de que uno de los guardias apartase la tela de hule y lo descubriese, pero las voces se desvanecieron y se encontró de nuevo solo. Con cuidado, se deslizó por la parte trasera. Tenía razón. El convoy había aparcado en una playa desierta. Al mirar atrás, pudo ver un camino que llevaba a la carretera que serpenteaba por la parte alta de los acantilados. El señor Grin y los demás se habían congregado junto a un viejo muelle de piedra que se adentraba en las aguas negras. Llevaba una linterna. Alex vio que la agitaba, trazando un arco.

Cada vez más curioso, Alex se deslizó hacia allí y encontró un lugar en el que ocultarse, tras una agrupación de rocas. Parecían estar esperando un barco. Miró al reloj. Eran exactamente las dos en punto. A punto estuvo de echarse a reír. De haber dado a aquellos hombres pistolas de chispa y caballos, casi hubieran podido salir de un libro juvenil. Contrabandistas de la costa de Cornualles. ¿Sería eso a lo que se dedicaban? ¿Esperaban cocaína o marihuana procedente del continente? ¿Por qué estaban allí, en mitad de la noche?

La pregunta obtuvo respuesta en unos pocos segundos. Alex se quedó mirando con fijeza, incapaz de creer lo que estaba viendo.

Un submarino. Había emergido del mar con la velocidad e irrealidad de un montaje cinematográfico. En un momento dado no había nada allí y al siguiente lo tenía delante, avanzando a través del mar hacia el muelle, sin que sus motores hiciesen ruido alguno, el agua chorreando por su fuselaje plateado y formando espuma tras él. El submarino no tenía marcas, pero Alex creyó reconocer la forma de la aleta colocada horizontalmente respecto a la torre y el timón con forma de cola de tiburón a popa. ¿Un submarino chino de clase Han 404 SSN? Un ingenio nuclear. Equipado a su vez con armamento nuclear.

¿Pero qué estaba haciendo ahí, en la costa de Cornualles? ¿Qué iba a ocurrir?

La torre se abrió para dar paso a un hombre, que se irguió en el frío aire de la madrugada. Aun sin necesidad de la media luna, Alex hubiera reconocido aquel cuerpo pulcro de bailarín, y el cabello espeso del hombre cuya fotografía había visto solo unos pocos días antes. Se trataba de Yassen Gregorovich. El asesino a sueldo. El hombre que había matado a Ian Rider. Estaba vestido con un mono gris. Sonreía.

Se suponía que Yassen Gregorovich se había encontrado con Sayle en Cuba. Ahora estaba allí, en Cornualles. Así que aquellos dos trabajaban juntos. ¿Pero por qué? ¿Por qué un proyecto como el Stormbreaker podía necesitar a un hombre como ese?

Nadia Vole se acercó hasta el final del muelle y Yassen trepó para encontrarse con ella. Hablaron unos pocos minutos, pero, aun suponiendo que lo estuviesen haciendo en inglés, no había ninguna opción de escucharlos. Entre tanto, los guardias de Sayle Enterprises habían formado una línea que llegaba hasta el punto en el que estaban aparcados los vehículos. Yassen dio una orden y, mientras Alex observaba oculto tras las rocas, apareció una gran caja metálica plateada, sellada al vacío, subida por manos invisibles hasta lo alto de la torre del submarino. Yassen mismo se la pasó al primero de los guardias, que a su vez la pasó más atrás. A esa le siguieron cerca de cuarenta cajas más, una tras otra. Les llevó casi una hora descargar el submarino. Los hombres manejaban las cajas con sumo cuidado. No querían que se rompiese lo que hubiera dentro.

Hacia las tres de la madrugada habían casi acabado. Las cajas ahora estaban almacenadas en el interior del camión del que había salido Alex. Y entonces sucedió.

Uno de los hombres situados en el muelle dejó caer una de las cajas. Se las arregló para agarrarla de nuevo en el último segundo, pero, aun así, golpeó con pesadez contra la superficie de piedra. Todos se detuvieron. Instantáneamente. Era como si alguien hubiese apretado un interruptor, y Alex casi pudo sentir un miedo descarnado flotar en el aire.

Yassen fue el primero en recuperarse. Se lanzó muelle adelante, moviéndose como un gato, sin que sus pies hiciesen ruido alguno. Llegó a la caja y pasó las manos por ella, comprobando el sellado, antes de cabecear despacio. El metal no estaba dañado.

Con todo el mundo tan silencioso, Alex pudo escuchar la conversación consiguiente.

—Está bien. Lo siento —dijo el guardia—. No está dañada y no me volverá a ocurrir.

—No. No te volverá a ocurrir —convino Yassen, y le disparó.

La bala brotó de su mano con un fogonazo rojo en la negrura. Alcanzó en el pecho al hombre, enviándolo hacia atrás en una pirueta nada elegante. El hombre cayó al mar. Durante unos pocos segundos quedó bocarriba, mirando a la luna como si tratase de admirarla por última vez. Luego las aguas negras se lo tragaron.

Les llevó otros veinte minutos cargar el camión. Yassen se sentó en la parte delantera con Nadia Vole y el señor Grin subió a otro de los coches.

Alex tenía que calcular con cuidado su regreso. Cuando el camión alcanzó cierta velocidad, regresando dando tumbos hacia la carretera, abandonó la protección de las rocas, corrió hacia delante y se lanzó al interior. Casi no había espacio, pero se las arregló para encontrar un hueco y se colocó allí. Pasó una mano por encima de una de las cajas. Tenía el tamaño de un cajón de té, sin etiquetar, y resultaba frío al tacto. Trató de encontrar una forma de abrirlo, pero estaba cerrado de una forma que no pudo entender.

Miró hacia atrás, por la trasera del camión. La playa y el muelle ya se encontraban bajo ellos. El submarino navegaba hacia mar abierto. En un momento dado estaba allí, brillante y plateado, resplandeciendo sobre las aguas. Luego se sumergió para desaparecer con la rapidez de un mal sueño.

MUERTE EN LA HIERBA ALTA

ALEX se despertó cuando una indignada Nadia Vole acudió a llamar a su puerta. Se había quedado dormido.

—Esta mañana es tu última oportunidad para probar el Stormbreaker —le dijo.

—Vale —respondió Alex.

—Esta tarde comenzaremos a mandar el ordenador a los colegios. Herr Sayle ha sugerido que te tomes la tarde libre. ¿Qué tal un paseo por Port Tallon? Hay un sendero que atraviesa los campos y lleva al mar. ¿Qué te parece recorrerlo?

—Sí. Me gusta la idea.

—Bien. Ahora levántate y vístete. Volveré a buscarte en… diez minutos.

Alex se lavó la cara con agua fría antes de vestirse. Había logrado regresar a la habitación a las cuatro y aún estaba fatigado. La experiencia de la noche no había sido como él había esperado. Había visto mucho —el submarino, las cajas plateadas, la muerte de un hombre que había cometido el error de dejar caer una— y al final no había logrado averiguar nada.

¿Trabajaba Yassen Gregorovich para Herod Sayle? No tenía ninguna prueba de que Sayle supiese que estaba allí. ¿Y qué pasaba con las cajas? Hasta donde él sabía, podían contener comida envasada para la plana mayor de Sayle Enterprises. Aunque nadie mata a un hombre por dejar caer una comida envasada.

Ya estaban a 31 de marzo. Como Vole había dicho, los ordenadores estaban a punto de salir. Quedaba solo un día para la ceremonia del Museo de Ciencias. Pero Alex no tenía nada sobre lo que informar y la única pieza de información que había enviado —el diagrama de Ian Rider— era también un callejón sin salida. Había encontrado una respuesta esperándolo en la pantalla de su Game Boy, cuando la encendió antes de irse a la cama.

IMPOSIBLE RECONOCER DIAGRAMAS O LETRAS/NÚMEROS. POSIBLE MAPA DE REFERENCIA, PERO IMPOSIBLE DETERMINAR DE QUÉ. SÍRVASE TRANSMITIR NUEVAS OBSERVACIONES.

Alex había pensado transmitir la noticia de que había visto a Yassen Gregorovich. Pero decidió por último no hacerlo. La señora Jones había prometido sacarlo de allí si aparecía Yassen. Y, de repente, Alex quería ver dónde acababa todo aquello. Algo estaba ocurriendo en Sayle Enterprises. Eso era más que obvio. Y nunca se perdonaría no averiguar qué era.

Nadia Vole volvió a buscarlo, tal y como había prometido, y él pasó las siguientes tres horas jugando con el Stormbreaker. Esta vez disfrutó menos. Y, en esa ocasión, descubrió, cuando llegó a la puerta, que habían apostado a un guardia en el pasillo exterior. Al parecer, Sayle Enterprises no iba a correr más riesgos con él.

Llegó la una en punto y por fin el guardia lo sacó de la habitación y lo escoltó de regreso a la casa principal. Hacía una tarde espléndida, con el sol brillando mientras caminaba por la carretera. Echó una última mirada hacia atrás. El señor Grin acababa de salir de uno de los edificios y estaba a cierta distancia, hablando por un teléfono móvil. Había algo estremecedor en esa imagen. ¿Por qué tenía que hacer justo en ese momento una llamada telefónica? ¿Y quién sería capaz de entender una sola palabra de lo que decía?

Solo cuando abandonó la planta Alex pudo relajarse. Más allá de las verjas, los guardias armados y la extraña sensación de amenaza que flotaba sobre Sayle Enterprises, sintió como si aspirase aire fresco por primera vez en varios días. El campo de Cornualles resultaba hermoso, las colinas redondeadas cubiertas de exuberante verde, salpicado de flores salvajes.

Alex encontró el cartel que indicaba el sendero y abandonó la carretera. Se había enterado de que Port

Tallon estaba a casi cuatro kilómetros, lo que suponía un paseo de menos de una hora si la ruta no era demasiado agreste. Lo cierto es que el camino se volvía bastante empinado casi desde el principio y, de repente, Alex se encontró asomado a un canal de la Mancha claro, azul y centelleante, siguiendo un camino que zigzagueaba de forma precaria por el borde de los acantilados. A un lado tenía campos que se extendían hasta donde alcanzaba la vista, con sus altas hierbas agitadas por la brisa. Al otro había una caída de al menos quince metros hasta las rocas y el agua de abajo. Port Tallon estaba al otro lado de los acantilados, al abrigo del mar. Resultaba casi incluso demasiado pintoresco, como una maqueta de una película en blanco y negro de Hollywood.

Llegó a una interrupción del camino, donde un segundo sendero, en mucho peor estado, se apartaba del mar para internarse a través de los campos. Su instinto le indicaba que debía proseguir recto, pero un letrero apuntaba a la derecha. Había algo extraño en aquel cartel. Alex dudó durante un instante, preguntándose de qué se trataba. Luego descartó todo aquello. Estaba caminando por el campo, a la luz del sol. ¿Qué podía estar mal? Siguió las huellas.

El camino proseguía durante otro medio kilómetro, antes de sumergirse en una hondonada. Allí la hierba era casi tan alta como Alex, rodeándolo por todos los lados como una resplandeciente jaula verde. Apareció un pájaro de repente, justo delante de él, una bola de plumas pardas que revoloteó a su alrededor antes de remontarse. Algo lo había espantado. Fue entonces cuando Alex escuchó el sonido, un motor cercano. ¿Un tractor? No. Sonaba demasiado agudo y se movía demasiado rápido.

Alex, lo mismo que el animal, supo que estaba en peligro. No era necesario preguntarse por qué o cómo. El peligro estaba presente, así de simple. Entonces apareció la forma oscura, abriéndose paso por la hierba, y él se lanzó a un lado sabiendo —demasiado tarde ya— qué era lo que iba mal con el segundo cartel. Era nuevo. El primero, el que lo había sacado de la carretera, era antiguo y desdibujado por los elementos. Alguien lo había sacado a propósito del camino correcto para llevarlo hasta allí.

Hasta el campo de la muerte.

Golpeó el suelo y rodó hasta caer en una acequia situada a un lado. El vehículo irrumpió a través de la hierba y una de las ruedas delanteras casi tocó su cabeza. Alex tuvo un atisbo de un artefacto negro y achaparrado con cuatro llantas; un cruce entre un tractor en miniatura y una motocicleta. Lo guiaba un personaje agazapado, de ropas grises, con casco y gafas. Luego desapareció, hundiéndose sonoramente entre las hierbas del otro lado y desapareciendo al instante, como si hubiesen dejado caer una cortina.

Alex se puso en pie y comenzó a correr. Había dos. Supo entonces lo que eran. Había conducido ingenios parecidos durante las vacaciones, en las dunas arenosas del Valle de la Muerte, en Nevada. Kawasaki 4x4, de 400 centímetros cúbicos, con transmisión automática. Motos de cuatro ruedas. Quads.

Lo circundaban como avispas. Se escuchó un zumbido, luego un grito, y el segundo quad apareció delante de él para embestirlo rugiendo, abriendo un surco en la hierba. Alex se lanzó fuera de su camino para caer una vez más al suelo y esta vez casi dislocarse un hombro. Recibió en pleno rostro una bofetada de aire y humos del motor.

Tenía que encontrar un sitio en el que esconderse. Pero se hallaba en mitad de un campo y no había nada aparte de la propia hierba. Se abrió paso a través de la misma con desesperación, las hojas golpeándolo en el rostro, medio cegándolo mientras trataba de encontrar una forma de regresar al camino principal. Necesitaba encontrar gente. Quienquiera que hubiese mandado a esas máquinas (y ahora se acordó del señor Grin hablando por el teléfono móvil) no podía hacerlo matar si había testigos presentes.

Pero no había nadie, y volvían a por él... juntos esta vez. Alex podía oír los motores, zumbando al unísono, acudiendo a toda velocidad en su persecución. Aun corriendo, echó una mirada por encima del hombro y los vio uno a cada lado, aparentemente a punto de alcanzarlo. Solo cuando advirtió el reflejo del sol y cómo la hierba se partía en dos a su paso supo la terrible verdad. Los dos motoristas habían tendido un alambre entre sus quads.

Alex se lanzó de cabeza al suelo, aterrizando en plano. El alambre pasó silbando por encima. De haber permanecido de pie, lo hubiera cortado en dos.

Los quads se separaron, distanciándose el uno del otro en un arco. Al menos, eso significaba que habían dejado caer el alambre. Alex se había lastimado la rodilla en su última caída y sabía que solo era cuestión de tiempo que lo acorralasen y acabasen con él. Corrió medio cojeando, buscando algún lugar en el que esconderse o algo con lo que defenderse. Aparte de algún dinero, no tenía nada en los bolsillos, ni siquiera una navaja. Los vehículos estaban lejos ahora, pero supo que caerían sobre él en cualquier momento. ¿Y qué harían la siguiente vez? ¿Traerían otra vez alambre? ¿O algo peor?

Era peor. Mucho peor. Se escuchó el bramido de un motor y luego una nube hinchada de fuego rojo explotó sobre la hierba, tostándolo. Alex sintió el fuego en las espaldas, aulló y se arrojó hacia un lado. ¡Uno de los motoristas llevaba un lanzallamas! Acababa de lanzar un chorro de llamas de ocho metros de longitud, tratando de quemar vivo a Alex. Y casi lo había conseguido. Alex se había salvado solo gracias a la estrecha zanja en la que había aterrizado. No la había visto hasta que no había caído a tierra, sobre el suelo húmedo, el chorro de fuego hendiendo el aire justo sobre su cabeza. Había estado cerca. Flotaba un horrible hedor en el aire: su propio pelo quemado. El fuego había rozado las puntas.

Ahogado, con el rostro cubierto de suciedad y sudor, salió de la zanja y corrió ciegamente hacia delante. Ya no tenía idea de dónde se dirigía. Solo sabía que los quads volverían en unos pocos segundos. Había dado unos diez pasos antes de comprender que había llegado al borde del campo. Había un cartel de aviso y una valla electrificada que se extendía hasta donde alcanzaba la vista. De no ser por el zumbido que hacía la verja, hubiera corrido directamente hacia ella. La valla era casi invisible y las motos de cuatro ruedas, dirigiéndose a toda velocidad hacia él, no permitirían oír el sonido de aviso por culpa de sus propios motores...

Se detuvo y giró. A unos cincuenta metros, la hierba se aplanaba al paso de la moto, aún invisible. Pero esta vez esperó. Se quedó allí, balanceándose sobre los talones, como un torero. Veinte metros, diez... se encontró mirando directamente a las gafas del motorista, vio los dientes irregulares del hombre y cómo sonreía, empuñando aún el lanzallamas. La moto de cuatro ruedas aplastó la última barrera de hierbas y saltó hacia él... pero Alex ya no se encontraba allí. Se había lanzado a un lado y, demasiado tarde, el motorista vio la valla mientras se dirigía directamente hacia ella. El hombre gritó cuando el alambre le golpeó el cuello, casi degollándolo. El quad hizo una pirueta en el aire, luego cayó con estruendo. El hombre se desplomó sobre la hierba y quedó inmóvil.

Había roto la valla. Alex corrió hacia el hombre y lo examinó. Por un momento pensó que podría ser Yassen, pero este era más joven, de pelo oscuro y feo. Alex nunca lo había visto antes. El hombre estaba inconsciente, pero aún respiraba. El lanzallamas reposaba, apagado, sobre el suelo, cerca de él. A sus espaldas pudo escuchar al otro quad, a cierta distancia pero acercándose. Fueran quienes fuesen esos hombres, habían tratado de atropellarlo, partirlo por la mitad y quemarlo. Tenía que encontrar una forma de escapar antes de que la cosa se pusiese fea.

Corrió hacia la moto caída, que yacía sobre un costado. La enderezó, saltó sobre el asiento y arrancó. El motor volvió a la vida. Al menos no tenía que preocuparse de las marchas. Alex giró el acelerador y se aferró al manillar cuando la máquina lo arrastró hacia delante.

Ahora corría a través de la hierba, que se había convertido en un manchón verde mientras la moto de cuatro ruedas lo llevaba de vuelta al sendero. Podía escuchar al otro quad, pero esperaba que el conductor no supiese lo que había ocurrido y, por tanto, no lo persiguiese. Sintió una sacudida en los huesos cuando la moto pilló un surco y botó hacia delante. Tenía que tener cuidado. Si perdía la concentración durante un segundo, volcaría.

Pasó otra cortina verde y giró con furia los manillares para dar una curva. Había encontrado la vereda, y también el borde del acantilado. Tres metros más y se hubiera lanzado de cabeza al espacio y a las rocas de más abajo. Durante unos segundos se quedó donde estaba, con el motor al ralentí. Entonces apareció el otro quad. De alguna forma, el segundo motorista había supuesto lo que había ocurrido. Había alcanzado el sendero y estaba mirando a Alex, a unos doscientos metros de distancia. Algo resplandecía en su mano, apoyado en el manillar. Tenía una pistola.

Alex miró hacia atrás, al camino por el que había venido. No era buena idea. La senda era demasiado estrecha. Para cuando hubiese logrado dar la vuelta a esa moto de cuatro ruedas, el hombre armado ya lo habría alcanzado. Un tiro y todo se habría acabado. ¿Volver a las hierbas? No, por la misma razón. Tenía que moverse hacia delante, aun cuando eso significase una colisión frontal con el otro vehículo.

¿Por qué no? No parecía haber otra salida.

El hombre aceleró su quad y se lanzó hacia delante. Alex hizo lo mismo. Los dos se encontraron corriendo el uno hacia el otro por un sendero angosto, con una ladera de tierra y roca alzándose abruptamente a uno de los lados para formar una barrera y con los acantilados al otro. No había espacio suficiente para pasar. Podían detenerse o chocar... pero si se detenían, tenían que hacerlo en los siguientes diez segundos.

Las motos estaban cada vez más cerca, moviéndose cada vez a mayor velocidad. El hombre no podía dispararle ahora si no quería perder el control de la moto. Muy abajo, las olas resplandecían plateadas, rompiendo contra las rocas. El borde del acantilado pasaba a toda velocidad. El ruido del otro vehículo llenó los oídos de Alex. El viento rugía a su alrededor, golpeando contra su pecho y su rostro. Era como jugar al más miedoso. Uno de los dos tenía que detenerse. Uno de ellos tenía que salir del camino.

Tres, dos, uno...

Fue el enemigo el que cedió por último. Estaba a menos de cinco metros, tan cerca que Alex pudo ver el sudor en su frente. Justo cuando ya parecía que la colisión iba a ser inevitable, separó su moto y salió del camino hacia la cuesta. Al mismo tiempo, trató de disparar la pistola. Pero era demasiado tarde. Su quad se había inclinado, con dos de las ruedas al aire, y el tiro se perdió. El hombre aulló. Al disparar, había perdido el poco control que le quedaba. Luchó por estabilizar la moto, tratando de ponerla sobre las cuatro ruedas. Golpeó contra una roca y salió rebotado hacia delante, para seguir por encima del borde del acantilado.

Alex había sentido pasar la máquina, pero no había visto otra cosa que un borrón. Se apresuró en detenerse y se volvió justo a tiempo de ver cómo la otra moto salía volando. El hombre, aun gritando, se las arregló para saltar del sillín en el aire, pero los dos impactaron contra el agua al mismo tiempo. La moto se hundió unos pocos segundos antes que el hombre.

¿Quién lo habría enviado? Fue Nadia Vole la que le sugirió dar ese paseo, pero había sido el señor Grin el que había dado la orden concreta… estaba seguro de ello.

Alex siguió en la moto de cuatro ruedas hasta llegar al final del camino. El sol aún brillaba cuando entró a pie en la pequeña villa de pescadores, pero no pudo disfrutarlo mucho. Estaba furioso consigo mismo porque sabía que había cometido dos errores.

Sabía que podía estar ya muerto. Solo la suerte y una valla electrificada de bajo voltaje lo habían mantenido vivo.

LA MINA DOZMARY

ALEX atravesó Port Tallon, pasando delante de un bar llamado Fisherman's Arms y luego por las calles de adoquines, hasta llegar a la biblioteca. Era media tarde, pero el pueblo parecía dormir; los botes se balanceaban en el puerto, las calles y aceras estaban vacías. Unas pocas gaviotas giraban perezosas sobre los tejados, lanzando sus habituales graznidos tristes. El aire olía a sal y pescado muerto.

La biblioteca era de ladrillo rojo, de estilo victoriano, asentada con soberbia en lo alto de una colina. Alex abrió la pesada puerta batiente y entró en una estancia de suelo de baldosas que formaba un ajedrezado, con unos cincuenta estantes que partían de un área central de recepción. Había seis o siete personas sentadas en mesas, trabajando. Un hombre vestido con un jersey de punto apretado leía el *Fisherman's Week*. Alex se dirigió al mostrador de recepción. Allí estaba el inevitable cartel de SE RUEGA SILENCIO. Bajo el mismo, una mujer de rostro redondo y sonriente estaba leyendo *Crimen y castigo*.

—¿Puedo ayudarte en algo? —Pese al cartel, habló en voz tan alta que todos se volvieron en cuanto abrió la boca.

—Sí...

Alex había acudido allí debido a algo que le había dicho Herod Sayle. Le había hablado acerca de Ian Rider. *Pasaba la mitad del tiempo en el pueblo. En el puerto, la oficina de correos, la biblioteca.* Alex ya había visitado la oficina de correos, otro edificio anticuado cercano al puerto. No creía que pudiese sacar nada útil de allí. ¿Pero y la biblioteca? Quizá Rider había acudido a ella en busca de información. Tal vez la bibliotecaria lo recordase.

—Un amigo mío estuvo en el pueblo —dijo Alex—. Me pregunto si vendría aquí. Se llamaba Ian Rider.

—¿Rider con I o con Y? No creo que tengamos ningún Rider —la mujer golpeó unas cuantas teclas en el ordenador, antes de agitar la cabeza—. No.

—Trabajaba en Sayle Enterprises —dijo Alex—. Tiene unos cuarenta años, delgado, el pelo rubio. Conduce un BMW.

—Oh, sí —la bibliotecaria sonrió—. Vino un par de veces. Un buen hombre. Muy educado. Ya sabía yo que no era de por aquí. Vino pidiéndome un libro...

—¿Recuerda usted cuál?

—Claro que sí. No siempre puedo recordar las caras, pero jamás olvido un libro. Estaba interesado en virus.

—¿Virus?

—Sí. Eso dijo. Quería cierta información...

¡Virus informáticos! Eso lo cambiaba todo. Un virus informático suponía el acto de sabotaje perfecto: invisible e instantáneo. Un simple código insertado en el *software* y todas las piezas de información del *software* del Stormbreaker quedarían destruidas a la vez. Pero no era creíble que Herod Sayle tratase de dañar su propia creación. Eso carecía de sentido. Así que puede que Alex estuviese equivocado desde el comienzo. Tal vez Sayle no tenía ni idea de lo que realmente estaba ocurriendo.

—Me temo que no pude ayudarle —prosiguió la bibliotecaria—. Esta es una biblioteca pequeña y nuestra subvención está congelada por tercer año consecutivo —suspiró—. De todas formas, dijo que había pedido algunos libros a Londres. Me comentó que tenía una caja esperándolo en la oficina de correos...

Eso hacía encajar todo. Ian Rider no hubiera querido que le enviasen información a Sayle Enterprises, donde la habrían interceptado.

—¿Fue esa la última vez que lo vio? —le preguntó Alex.

—No. Volvió una semana después. Debió de encontrar lo que buscaba, porque esta vez no estaba interesado en libros sobre virus. Le interesaban temas locales.

—¿Qué clase de temas locales?

—Historia de Cornualles. Estantería CL —se la señaló—. Estuvo toda la tarde leyendo uno de los libros y luego se fue. No ha vuelto desde entonces y es una pena. Me hubiera gustado que se uniese a la biblioteca. Hubiese sido agradable tener un nuevo miembro.

Historia local. Eso no iba a serle de gran ayuda. Alex dio las gracias a la bibliotecaria y se dirigió a la puerta. Su mano rozaba ya el pomo cuando recordó.

CL 475/19.

Metió la mano en el bolsillo y sacó el trozo de papel que había encontrado en su dormitorio. Estaba claro que las letras eran las mismas. CL. No eran una referencia de posición. CL. ¡Se trataba del tejuelo de un libro!

Alex se acercó a la estantería que le había indicado la bibliotecaria. Los libros envejecen con rapidez cuando nadie los lee y aquellos estaban en el mismo sitio donde los habían dejado hacía largo tiempo, apoyados cansinamente los unos en los otros. CL 475/19 —el número estaba impreso en el lomo— tenía el título de *Dozmary: La historia de la mina más antigua de Cornualles.*

Se lo llevó consigo a una mesa, lo abrió y lo hojeó con rapidez, preguntándose por qué una historia del estaño de Cornualles habría tenido interés para Ian Rider. La historia que contaba era la de una familia.

La mina había pertenecido a la familia Dozmary durante once generaciones. En el siglo XIX había cuatrocientas minas en Cornualles. En la década de los noventa del XX solo quedaban tres. Dozmary seguía siendo una de ellas. El precio del estaño se había desplomado y la mina en sí estaba casi agotada, pero no había más trabajo en la zona y la familia la había mantenido abierta aun cuando el filón se estaba agotando con rapidez. En 1991, sir Rupert Dozmary había salido de casa con discreción y se había volado la cabeza. Lo habían enterrado en el cementerio local, en un ataúd, dicho sea de paso, hecho de estaño.

Sus hijos habían cerrado la mina y vendido las tierras a Sayle Enterprises. La mina misma había sido sellada, y ahora muchos de los túneles estaban cegados.

El libro incluía cierto número de fotos en blanco y negro: ponies de carga y linternas de aspecto anticuado. Grupos de figuras posando con picos y tarteras. Todos ellos tenían que estar ya bajo tierra. Al pasar con rapidez las páginas, Alex llegó a un mapa que mostraba el trazado de los túneles en la época en que cerraron la mina.

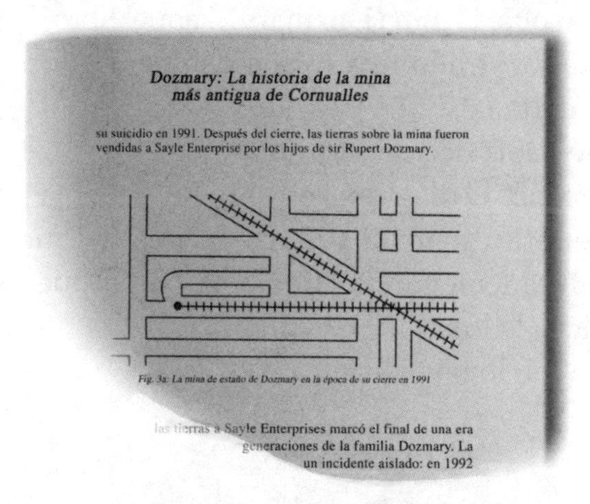

Dozmary: La historia de la mina más antigua de Cornualles

su suicidio en 1991. Después del cierre, las tierras sobre la mina fueron vendidas a Sayle Enterprise por los hijos de sir Rupert Dozmary.

Fig. 3a: La mina de estaño de Dozmary en la época de su cierre en 1991

las tierras a Sayle Enterprises marcó el final de una era
generaciones de la familia Dozmary. La
un incidente aislado: en 1992

Era difícil determinar la escala, pero había un laberinto de pozos, túneles y raíles de vagonetas extendiéndose a lo largo de kilómetros bajo tierra. De entrar en la oscuridad de los subterráneos, uno podría perderse al instante. ¿Se habría adentrado Ian Rider en Dozmary? De ser así, ¿por qué?

Alex recordó el pasadizo situado junto a la escalera metálica. Los muros marrón oscuro y sin rematar, y las bombillas que colgaban de cables le habían recordado algo y de repente supo qué era. ¡El pasillo no podía ser otra cosa que uno de los túneles de la vieja mina! Era de suponer que Ian Rider también había bajado la escalera. Como Alex, se había encontrado con la puerta cerrada de metal y había decidido que tenía que encontrar la forma de pasar. Pero había reconocido el pasillo en el que se encontraba, y por eso había regresado a la biblioteca. Había encontrado un libro sobre la mina Dozmary… aquel libro. El mapa le había mostrado una forma de llegar al otro lado de la puerta.

¡Y le había dejado una nota!

Alex sacó el diagrama que Ian Rider había trazado y lo depositó sobre la página, encima del mapa impreso. Manteniendo las dos hojas superpuestas, las alzó hacia la luz.

Esto fue lo que vio.

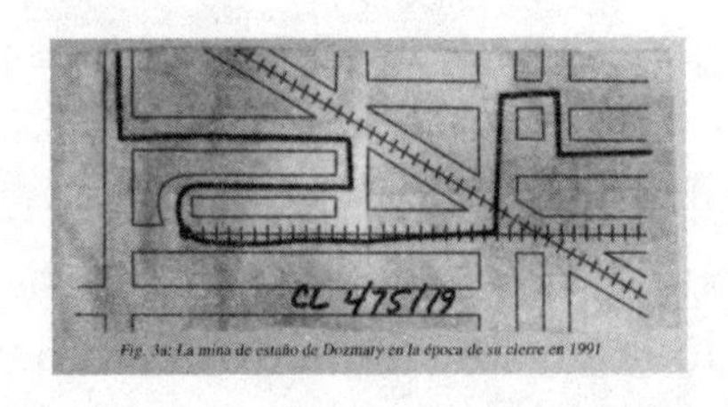

Fig. 3a: La mina de estaño de Dozmary en la época de su cierre en 1991

Las líneas que Rider había trazado en la hoja concordaban exactamente con los pozos y los túneles de la mina, y mostraban la forma de pasar, de eso estaba seguro Alex. Si podía encontrar la entrada a Dozmary, podría seguir el mapa hasta llegar al otro lado de la puerta de metal.

Diez minutos más tarde abandonaba la biblioteca con una fotocopia de la página. Acudió al puerto y encontró una de esas tiendas de efectos navales que parecían tener a la venta de todo. Se compró una buena linterna, un jersey, un rollo de cuerda y una caja de tizas.

Luego subió de vuelta a las colinas.

De regreso con la moto de cuatro ruedas, Alex condujo por lo alto de los acantilados con el sol ya hundiéndose al oeste. Delante de él podía ver la chimenea y la torre en ruinas que esperaba indicasen la entrada al pozo Kerneweck, que recibía su nombre del antiguo idioma de Cornualles. Según el mapa, había que comenzar allí. Al menos el quad le hacía fácil desplazarse. Le hubiera llevado una hora llegar allí andando.

Estaba corriendo contrarreloj y lo sabía. El Stormbreaker tenía que haber comenzado ya a salir de la planta, y en menos de veinticuatro horas el primer ministro lo activaría. ¿Qué sucedería si el *software* estaba contaminado con alguna especie de virus? ¿Una humillación para Sayle y el Gobierno británico? ¿O algo peor?

¿Cómo casaba un virus informático con lo que había visto la noche pasada? Fuera lo que fuese que hubiera traído el submarino hasta el muelle, no se trataba de ningún *software* para ordenador. Las cajas plateadas eran demasiado largas. Y uno no mata a un hombre por dejar caer un disquete.

Alex aparcó la moto cerca de la torre y entró cruzando un arco. Al principio creyó que había cometido algún tipo de error. El edificio parecía más una iglesia en ruinas que la entrada de una mina. Más gente lo había precedido. Había unas pocas latas de cerveza aplastadas y viejos paquetes de patatas sobre el suelo, aparte de las habituales pintadas en las paredes. JRH ESTUVO AQUÍ. NICK AMA A CASS. Visitantes dejando la peor parte de ellos mismos con aerosoles fluorescentes.

Su pie tropezó con algo que resonó y vio que estaba sobre una trampilla metálica, encastrada en el suelo de cemento. Hierba y maleza brotaban por los bordes, pero, al poner la mano contra la hendidura, pudo sentir una corriente de aire que llegaba desde abajo. Aquella debía de ser la entrada al pozo.

La trampilla estaba cerrada con un pesado candado, de varios centímetros de grosor. Alex maldijo entre dientes. Se había dejado la crema para granos en la habitación. Esa crema se hubiese comido el candado en segundos, pero no tenía tiempo de regresar a Sayle Enterprises para recogerla. Se arrodilló para examinar el candado, lleno de frustración. Para su sorpresa, se abrió entre sus dedos. Alguien había estado allí antes que él. Ian Rider... tenía que ser él. Debía de habérselas arreglado para abrirlo, y no lo había cerrado del todo, por si tenía que regresar.

Alex apartó el cerrojo, antes de agarrar la trampilla. Necesitó de todas sus fuerzas para abrirla y, una vez hecho esto, un golpe de aire frío lo golpeó en el rostro. La trampilla resonó al abrirse y él se encontró mirando al interior de un agujero negro que se sumía en la oscuridad, más allá de la luz del sol. La luz llegaba hasta unos cincuenta metros, pero el pozo se hundía aún más. Agarró un guijarro y lo dejó caer. Pasaron al menos diez segundos hasta que el guijarro golpeó contra algo allá abajo.

Una herrumbrosa escalerilla bajaba por uno de los lados del pozo. Alex comprobó que el quad estaba fuera de la vista, antes de echarse el rollo de cuerda al hombro y meter la linterna en el cinturón. No le hizo ninguna gracia bajar por el agujero. Sentía los peldaños fríos como el hielo contra sus manos, y sus hombros apenas habían rebasado el nivel del suelo cuando la luz desapareció y se sintió como si fuese succionado hacia una oscuridad tan total que parecía que le faltaban los ojos. No podía descender y empuñar al mismo tiempo la linterna. Tenía que ir tanteando su camino, una mano y después un pie, bajando cada vez a mayor profundidad hasta que por último su talón tocó el suelo y supo que había llegado al fondo del pozo Kerneweck.

Echó una ojeada. Podía ver la entrada por la que había descendido, pequeña, redonda y lejana como la luna. Respirando con pesadez, tratando de combatir la sensación de claustrofobia, sacó la linterna y la encendió. El rayo de luz surgió de su mano, apuntando a lo que tenía delante y arrojando un chorro de luz pura y blanca sobre las inmediaciones. Alex se encontraba al comienzo de un largo túnel, con los muros y techos desiguales sujetos por puntales de madera. El suelo ya estaba húmedo y la sensación a agua salada pendía en la atmósfera. Hacía frío en esa mina. Eso ya lo sabía, y antes de moverse se puso el jersey que había comprado y trazó con tiza una gran X en el muro. Había sido también una buena idea. Pasase lo que pasase allí abajo, quería estar seguro de encontrar el camino de regreso.

Por fin estuvo listo. Dio dos pasos hacia delante, apartándose del pozo vertical para entrar en el inicio del túnel, y de inmediato sintió el peso de la roca sólida, tierra y restos de vetas de estaño aplastados sobre él. Resultaba horrible estar allí. Era como estar enterrado en vida, y necesitó de todas sus fuerzas para no perder el control. Al cabo de unos cincuenta pasos llegó a un segundo túnel que se desviaba a la izquierda. Sacó el mapa fotocopiado y lo examinó a la luz de la linterna. Según Ian Rider, tenía que girar ahí. Movió la linterna y siguió el túnel, que se hundía, llevándolo más y más profundo en las entrañas de la tierra.

No había sonido alguno en la mina, fuera de su propia respiración afanosa, el crujido de sus pasos y el acelerado latir de su corazón. Era como si la negrura ahuyentase no solo la visión, sino también los sonidos. Alex abrió la boca y dijo algo, solo para oír algo. Pero su voz sonó débil y lo único que consiguió fue recordar el peso inmenso que tenía sobre la cabeza. Aquel túnel estaba en mal estado. Algunos de los puntales se habían soltado y caído y, cuando pasaba, desprendimientos de grava sobre su cuello y hombros le recordaban que la mina Dozmary había sido cerrada por una razón. Era un sitio infernal. Podía derrumbarse en cualquier momento.

Aquello lo llevaba cada vez a mayor profundidad. Podía sentir la presión en sus oídos y la oscuridad parecía incluso más espesa y opresiva. Llegó a un amasijo de hierro y cable, alguna especie de máquina largo tiempo enterrada y olvidada. Trepó sobre ella con rapidez, haciéndose un corte en la pierna con una pieza de metal picudo. Se quedó inmóvil unos pocos segundos, obligándose a calmarse. Sabía que no podía permitirse el pánico. *Si cedes al pánico, estás perdido. Piensa en lo que estás haciendo. Sé cuidadoso. Un paso cada vez.*

—Vale, vale... —susurró las palabras para calmarse, antes de continuar hacia delante.

Emergió a una especie de estancia amplia y circular, formada por la unión de seis túneles distintos, dándole forma de estrella. El más ancho arrancaba a la izquierda y tenía restos de raíles. Giró la linterna y distinguió un par de vagonetas de madera que debían de haber sido usadas para transportar equipo hasta abajo o estaño hacia la superficie. Al revisar los mapas, se sintió tentado de seguir la vía, que parecía ofrecer un atajo respecto a la ruta trazada por Ian Rider. Pero se decidió por último a no hacerlo. Tenía que haber un motivo. Alex trazó otras dos X con tiza, una en el túnel que acaba de dejar y otra en el que iba a entrar. Penetró.

El nuevo túnel se hacía más bajo y angosto con rapidez, tanto que Alex no pudo seguir avanzando sin agacharse. El suelo estaba sumamente húmedo allí, con charcos de agua que le llegaban a las rodillas. Recordó lo cerca que estaba del mar y eso lo llevó a otro pensamiento desagradable. ¿Cuándo se producía la marea alta? ¿Y, cuando la marea subía, qué ocurría en el interior de esa mina? Alex tuvo de repente la visión de él mismo atrapado en la negrura, con el agua subiendo hasta la altura de su pecho, su cuello, su rostro. Se detuvo y se obligó a pensar en otra cosa. Allí abajo, librado a sus propios medios, muy lejos de la superficie, su imaginación podía convertirse en su enemigo.

El túnel trazaba una curva y luego se unía a unas segundas vías, estas torcidas y rotas, cubiertas aquí y allá por escombros que debían de haber caído del techo. Pero las vías de metal hacían más fácil desplazarse hacia delante, captando y reflejando la luz de la linterna. Alex las siguió todo el camino hasta una bifurcación de la vía principal. Le había llevado treinta minutos y estaba casi de vuelta al punto en el que había comenzado, pero, al mover la linterna en derredor, vio por qué Ian Rider le había enviado dando ese gran rodeo. Allí se había derrumbado un túnel. A unos treinta metros de distancia, la vía principal estaba bloqueada.

Cruzó las vías, aún siguiendo los mapas, y se detuvo. Miró el papel y luego tiró hacia delante. Era imposible. Pero no había error alguno.

Había llegado a un túnel pequeño y redondo que se hundía aún a mayor profundidad. Pero, al cabo de diez metros, el túnel simplemente acababa en lo que parecía una hoja de metal que bloqueaba el camino. Alex levantó una piedra y la lanzó. Se produjo un chapoteo. Entonces entendió. El túnel estaba completamente sumergido en agua negra como la tinta. El agua se había elevado hasta el techo del túnel, por lo que, aun asumiendo que pudiese nadar a temperaturas que debían de estar bajo cero, hubiera sido incapaz de respirar. Tras tanto trabajo duro, tras todo ese tiempo empleado bajo tierra, no había forma de proseguir.

Alex se giró. Estaba a punto de abandonar, pero, al pasear la luz todo en derredor, esta cayó sobre algo que formaba un montón sobre el suelo. Acercándose, se inclinó. Era un traje de buzo y parecía nuevo. Alex regresó al borde del agua y la examinó con la luz. Esta vez vio algo. Habían atado una cuerda a la roca.

Se introducía en diagonal en el agua y desaparecía. Alex comprendió qué significaba aquello.

Ian Rider había estado buceando en el túnel sumergido. Había comprado un traje de buzo y se las había ingeniado para tender una cuerda a modo de guía. Sin duda, tenía planeado regresar. Por eso había dejado el cerrojo abierto. Al parecer, el muerto había ayudado de nuevo a Alex. La pregunta era: ¿tendría el valor suficiente para proseguir?

Levantó el traje de buzo. Era demasiado grande para él, pero lo más seguro es que lo preservase de lo peor del frío. Pero este no era el único problema. El túnel podía correr a lo largo de diez metros. O a lo largo de cien. ¿Cómo estar seguro de que Ian Rider no había usado bombonas de aire para bucear? Si Alex se introducía ahí, en el agua, y buceaba más allá del punto de retorno, podía ahogarse. Atrapado bajo la roca en la helada oscuridad. No podía imaginar una forma peor de morir.

Pero había llegado ya muy lejos y, según el mapa, ya estaba muy cerca. Alex maldijo. No tenía ninguna gracia. En ese momento deseó no haber oído hablar nunca de Alan Blunt, Sayle Enterprises o el Stormbreaker. Pero ya no podía retroceder. Si su tío lo había conseguido, él también. Apretando los dientes, se puso el traje de buzo. Resultaba frío, húmedo y desagradable. Cerró la cremallera. No se había quitado la ropa y puede que eso le ayudase. El traje le quedaba suelto en algunos lugares, pero estaba seguro de que lo mantendría a salvo del agua.

Moviéndose con rapidez ahora, temeroso de que si dudaba podría cambiar de opinión, Alex se acercó al borde del agua. Alcanzó y agarró la cuerda con una mano. Iría más rápido nadando con las dos manos, pero no se atrevía a arriesgarse. Perderse en el túnel subterráneo sería tan malo como sobrepasar el punto de no retorno. El resultado sería exactamente el mismo. Tenía que mantenerse agarrado a la cuerda y dejar que esta lo guiase. Alex tomó varias bocanadas de aire, hiperventilando y oxigenando su sangre, sabiendo que eso le daría unos segundos extra preciosos. Luego se sumergió.

El frío fue terrible, un martillazo que casi sacó el aire de sus pulmones. El agua golpeó en su cabeza, arremolinada alrededor de su nariz y ojos. Los dedos se le entumecieron al instante. Su organismo entero sintió el choque, pero el traje de buzo lo abrigó, sellando al menos parte de su calor corporal. Tirando de la cuerda, se propulsó hacia delante. Él mismo se había metido en eso. No había retorno.

Tira, propulsa. Tira, propulsa. Alex no llevaba bajo el agua ni un minuto, pero ya sus pulmones comenzaban a acusar el esfuerzo. El techo del túnel rozaba su espalda y tenía miedo de que rasgase el traje de buzo y le hiriese la piel. Pero no podía arriesgarse a aminorar la velocidad. El frío gélido le estaba robando las fuerzas. Tirar y propulsarse. ¿Cuánto tiempo llevaba buceando? ¿Noventa segundos? ¿Cien? Tenía los ojos cerrados con fuerza, pero si los hubiese abierto no hubiera habido diferencia alguna. Estaba en una versión ciega, arremolinada y gélida del infierno. Y se estaba quedando sin aire.

Se propulsó hacia delante, a lo largo de la cuerda, quemándose la palma de las manos. Debía llevar nadando cerca de dos minutos. Le parecía que hubiesen sido diez. Tenía que abrir la boca y respirar, aunque fuese agua lo que entrase en su garganta… Lanzó un grito silencioso. Tira, propulsa. Tira, propulsa. Y entonces la cuerda se inclinó hacia arriba y sintió que sus hombros se liberaban, y que la boca se le distendía cuando la abrió para aspirar una gran bocanada, y supo que lo había conseguido, puede que por solo segundos de margen.

¿Pero adónde había salido?

Alex no podía ver nada. Flotaba en la completa negrura, incapaz de ver siquiera dónde acababa el agua. Había dejado la linterna al otro lado, pero sabía que, incluso queriendo, no tendría fuerzas para regresar. Había seguido el camino trazado por un muerto. Solo ahora comprendía que lo conducía a la tumba.

AL OTRO LADO DE LA PUERTA

ALEX nadó hacia delante, completamente a ciegas, temeroso de golpearse el cráneo en cualquier momento contra la roca. A pesar del traje de buzo, estaba comenzando a sentir el frío del agua y comprendió que tenía que encontrar pronto alguna forma de salir. Su mano rozó algo, pero tenía los dedos demasiado entumecidos como para poder decir qué era. Tanteó y se impulsó hacia delante. Su pie tocó el fondo. Fue entonces cuando lo comprendió. Podía ver. De alguna forma, de alguna parte, la luz llegaba al área situada más allá del túnel sumergido.

Su visión se fue ajustando poco a poco. Al agitar la mano frente a su rostro, pudo advertir los dedos. Estaba agarrado a un puntal de madera, una de las vigas del techo, ahora caída. Cerró los ojos, luego volvió a abrirlos. La oscuridad era menor y le mostraba un cruce abierto en la piedra, el lugar en el que se encontraban tres túneles. El cuarto, situado bajo él, era el que estaba inundado. Pese a lo débil que era la luz, eso le dio fuerzas. Usando el puntal como un muelle improvisado, trepó por la roca. Al mismo tiempo, se percató de que oía un sonido retumbante. No podía estar seguro de si se encontraba lejos o cerca, pero recordó lo que había oído en el sótano del Bloque D, frente a la puerta de metal, y comprendió que había llegado.

Se despojó del traje de buceo. Por suerte, había mantenido a raya al agua. La mayor parte de su cuerpo estaba seco, pero el agua helada aún le goteaba del pelo, le corría por el cuello, y sus zapatillas y calcetines estaban empapados. Al avanzar, sus pies hicieron un sonido de succión, y tuvo que quitarse las zapatillas y vaciarlas antes de poder proseguir. El mapa de Ian Rider seguía guardado en su bolsillo, pero ya no lo iba a necesitar. Lo único que tenía que hacer era seguir la luz.

Siguió derecho hacia delante, hasta otra intersección, luego giró a la derecha. La luz era tan brillante ahora que podía ver el color de la piedra: marrón oscuro y gris. El batir se iba haciendo cada vez más alto y Alex pudo sentir un soplo de aire cálido procedente de esa dirección. Avanzó con cautela, preguntándose qué sucedería ahora. Rodeó una esquina y de repente la piedra a ambos lados dejó paso a ladrillo nuevo, con rejillas de metal situadas a intervalos, justo al nivel del suelo. Habían reconvertido el viejo pozo minero. Lo estaban usando como tiro para alguna especie de sistema de aire acondicionado.

Se arrodilló ante la primera rejilla y se encontró observando una habitación grande, con azulejos blancos; un laboratorio con equipo complejo de cristal y metal dispuesto sobre bancos de trabajo. Alex tiró tentativamente de la rejilla, pero estaba colocada con solidez, encastrada en la superficie rocosa. La segunda rejilla correspondía a la misma estancia. Estaba también asegurada. Alex siguió por el túnel hasta una tercera rejilla. Esta daba a una sala de almacenaje repleta con las cajas plateadas que Alex había visto desembarcar del submarino la noche anterior.

Agarró la rejilla con ambas manos y tiró. Salió con facilidad del hueco en la roca y, al mirarla con más detenimiento, entendió por qué. Ian Rider lo había precedido. Había cortado los tornillos que la mantenían en su sitio. Alex retiró la rejilla sin hacer ruido. Se sentía triste. Ian Rider había encontrado la forma de cruzar la mina, trazar el mapa, bucear por el túnel sumergido y abrir por su cuenta la rejilla. Alex no hubiese llegado tan lejos de no ser por su ayuda, y deseaba haber podido conocer un poco mejor a su tío y quizá admirarlo un poco más antes de que muriese.

Con cuidado, se deslizó por el hueco rectangular y se descolgó en la sala. En el último instante, apoyado sobre el estómago, con los pies colgando, agarró la rejilla y la emplazó en su sitio. Era probable que nadie la mirase con detenimiento, pero aun así no encontrarían nada extraño. Se dejó caer hasta el suelo y aterrizó, como un gato, sobre las puntas de sus pies.

El batir era más alto ahora y procedía de algún punto del exterior. Ocultaría cualquier ruido que hiciese. Se acercó a la caja plateada más próxima y la examinó. Esta vez se abrió con un clic, pero cuando miró en su interior fue para descubrir que estaba vacía. Fuera cual fuese su contenido, ya estaba en uso.

Buscó cámaras, luego cruzó hasta la puerta. No tenía echada la llave. La abrió un centímetro y echó una ojeada. La puerta llevaba a un pasillo ancho, con una puerta corrediza automática y un pasamanos plateado que recorría toda su longitud.

«Las 19.00 horas. Rojo diríjase a línea de ensamblaje. Azul diríjase a descontaminación.»

La voz procedía de un sistema de altavoces y no era ni masculina ni femenina; era sin emociones, inhumana. Alex echó un vistazo al reloj. Eran ya casi las siete de la tarde. Le había llevado más de lo que creía cruzar la mina. Avanzó con sigilo. Lo que había encontrado no era exactamente un pasillo. Era más bien una pasarela de observación. Llegó al pasamanos y echó una ojeada abajo.

Alex no tenía ni idea de lo que podía encontrar tras la puerta de metal, pero lo que vio en ese momento era más de lo que jamás pudiera haber imaginado. Había una estancia inmensa, con los muros —mitad de roca desnuda, mitad de acero pulido— llenos de equipo informático, contadores electrónicos, máquinas que centelleaban y parpadeaban siguiendo sus propios ritmos. Estaban atendidas por cuarenta o cincuenta personas, algunas con batas blancas, otras con monos, y todas llevaban brazaletes de distintos colores: rojo, amarillo, azul y verde. Las lámparas resplandecían en el techo. Había guardias armados en cada portal, observando el trabajo con rostros inexpresivos.

Así que allí era donde ensamblaban el Stormbreaker. Los ordenadores eran transportados lentamente en una larga cinta sin fin, una cadena de montaje, pasando por varios científicos y técnicos. Lo extraño es que teníán aspecto de estar acabados... y por supuesto que lo estaban. Sayle se lo había dicho. En aquellos momentos estaban siendo embarcados, en un proceso que duraría la tarde y la noche. ¿Sería aquello un proceso de ajuste final, realizado en esa fábrica secreta? ¿Pero por qué estaba esa cadena de montaje oculta ahí abajo? Lo que Alex había visto en su recorrido por Sayle Enterprises no era más que la punta de iceberg. El cuerpo principal de la fábrica estaba ahí, bajo tierra.

Observó con mayor detenimiento. Recordó el Stormbreaker que había usado y ahora se percató de algo que no había visto entonces. Habían retirado una banda de cristal en la carcasa de las pantallas, dejando al descubierto un pequeño compartimiento, cilíndrico y de unos cinco centímetros de profundidad. Los ordenadores estaban pasando bajo una extraña maquinaria formada por piezas voladizas, alambres y brazos hidráulicos. Opacos tubos de ensayo plateados alimentaban una caja estrecha que se movía hacia delante, como si diese la bienvenida, y metía un tubo en cada uno de los ordenadores. Era un punto de recepción. Con infinita precisión, los tubos eran alzados, desplazados y luego introducidos en el compartimiento oculto. Tras eso, los Stormbreaker seguían hacia delante a mayor velocidad. Una segunda máquina cerraba y sellaba al calor las bandas de plástico. Cuando los ordenadores llegaban al final de la cadena, donde los empaquetaban en las cajas rojas y blancas de Sayle Enterprises, los compartimientos eran totalmente invisibles.

Un movimiento captó la atención de Alex, que miró más allá de la cadena de montaje, a través de un gran ventanal, a la siguiente estancia. Dos hombres vestidos con trajes espaciales avanzaban con torpeza juntos, como a cámara lenta. Se detuvieron. Una alarma comenzó a sonar y, de repente, desaparecieron en una nube de vapor blanco. Alex recordó lo que acababa de oír. ¿Estaban siendo descontaminados? Pero si el Stormbreaker se basaba en el procesador esférico posiblemente no se necesitaba nada de eso... y, en todo caso, Alex no había visto jamás nada parecido. Si estaban descontaminando a esos hombres, ¿de qué en concreto lo estaban haciendo?

«Agente Gregorovich, preséntese en la Zona de Bioalmacenaje. Esta es una llamada para el agente Gregorovich.»

Una silueta delgada y rubia, vestida de negro, se apartó de la cadena de montaje y cruzó con languidez una puerta que se abrió para darle paso. Durante un segundo, Alex se encontró mirando al asesino ruso a sueldo, Yassen Gregorovich. ¿Qué iba a suceder? Alex recordó el submarino y las cajas selladas al vacío. Por supuesto. Yassen había llevado aquellos tubos de ensayo que estaban siendo ahora introducidos en los ordenadores. Los tubos de ensayo eran algún tipo de arma que iba a ser usada para sabotearlos. No. Eso era imposible. Recordando Port Tallon, pensó en que la bibliotecaria le había dicho que Ian Rider había pedido libros acerca de virus de ordenador...

Virus.

Descontaminación.

La Zona de Bioalmacenaje...

Lo comprendió todo y, mientras lo hacía, algo frío y sólido se apoyó en su nuca. Alex no había oído abrirse la puerta a sus espaldas, pero se tensó lentamente mientras una voz murmuraba en su oreja.

—Quieto. Las manos a los costados. Si haces algún movimiento brusco, te pego un tiro en la cabeza.

Miró despacio hacia atrás. Había un único guardia a sus espaldas, con una pistola en la mano. Era el tipo de cosas que Alex había visto mil veces en el cine y la televisión, y se estremeció al comprobar cuán distinto de la realidad era. La pistola era una Browning automática y la presión del dedo del guardia podía enviar una bala de 9 mm a través de su cráneo, directo al cerebro. El simple toque del cañón lo hacía sentir mal.

Se incorporó. El guardián debía tener veintitantos años, era de rostro pálido y estaba desconcertado. Alex nunca lo había visto antes y, lo que era más importante, él nunca había visto a Alex. No había esperado toparse con un chico. Eso podía ayudar.

—¿Quién eres? —le preguntó—. ¿Qué estás haciendo aquí?

—Estoy pasando unos días con el señor Sayle —dijo Alex. Miró a la pistola—. ¿Por qué me apunta? No estoy haciendo nada.

Sonaba patético. El chico perdido. Pero consiguió el efecto deseado. El guardia dudó y bajó un poco la pistola. En ese momento, Alex golpeó. Fue otro golpe clásico de kárate, esta vez retorciendo el cuerpo y golpeando con el codo en un lateral de la cabeza del guardia, justo bajo su oreja. Tuvo casi la certeza de haberlo dejado fuera de combate con aquel simple golpe, pero no podía dejar nada al azar, así que lo remató con un rodillazo en la entrepierna. El guardia se desplomó y la pistola cayó al suelo. Alex lo arrastró con rapidez, apartándolo de la barandilla. Miró hacia abajo. Nadie se había percatado de lo ocurrido.

Pero el guardia no estaría inconsciente largo tiempo, y Alex sabía que tenía que salir de allí, no de esa planta, sino de Sayle Enterprises. Tenía que contactar con la señora Jones. Aún no sabía cómo o por qué, pero entendía ya que los Stormbreaker se habían convertido en máquinas de matar. Quedaban menos de diecisiete horas hasta el lanzamiento, en el Museo de las Ciencias. De algún modo, Alex tenía que impedir lo que iba a ocurrir.

Echó a correr. La puerta al final del pasillo se abrió y se encontró en un corredor curvo y blanco con oficinas sin ventanas construidas en lo que debían ser más pozos de la mina Dozmary. Sabía que no podía regresar por donde había llegado. Estaba demasiado cansado e incluso, si lograba encontrar el camino de vuelta a través de la mina, no conseguiría salir nadando por segunda vez. Su única opción era la puerta que lo había llevado por primera vez allí. Salía a las escaleras metálicas que le permitirían llegar al Bloque D. Había un teléfono en su habitación. Si eso le fallaba, podía usar la Game Boy para transmitir un mensaje. Pero el MI6 tenía que conocer lo que había encontrado.

Llegó al final del pasillo, luego reculó cuando aparecieron tres guardias, dirigiéndose juntos hacia unas puertas dobles. Por fortuna no lo vieron. Nadie sabía que estaba allí. Todo iba a salir bien.

Y entonces resonaron las alarmas. Un claxon comenzó a aullar electrónicamente por los pasillos, rebotando en las esquinas y despertando ecos por doquier. Una luz comenzó a destellar en rojo en el techo. Los guardias giraron en redondo y vieron a Alex. Al revés que el guardia de la plataforma de observación, no dudaron. Mientras Alex se lanzaba de cabeza a la puerta más cercana, ellos empuñaron sus metralletas y dispararon. Las balas impactaron en el muro, a su lado y rebotaron por el pasillo. Alex aterrizó bocabajo y lanzó una patada, cerrando la puerta a sus espaldas. Se incorporó, dio con un cerrojo y lo corrió. Un segundo más tarde se produjo un martilleo explosivo al otro lado, cuando los guardias dispararon contra la puerta. Pero era de metal sólido. Aguantó.

Se encontraba en un descansillo que llevaba, más abajo, a una maraña de tuberías y cilindros, como la sala de máquinas de un barco. La alarma sonaba más alto allí, como si esa fuese la estancia principal. Parecía surgir de todas partes. Alex bajó las escaleras de tres en tres, buscando una forma de salir. Había que elegir entre tres pasillos, pero luego escuchó pies a la carrera y comprendió que sus opciones se habían reducido a dos. Ahora deseó haber traído la Browning automática. Estaba solo y desarmado. El único blanco en la galería de tiro, con armas apuntando por todas partes y sin salida. ¿Lo había entrenado para eso el MI6? Si era así, once días no habían sido suficientes.

Echó a correr, sorteando las tuberías y comprobando cada puerta que se encontraba. Una habitación con más trajes espaciales colgando de ganchos. Una ducha. Otra era un gran laboratorio con una segunda puerta de salida y, en mitad de la estancia, un tanque de cristal con forma de barril y lleno de líquido verde. Un amasijo de tuberías de goma surgía del tanque. Había bandejas llenas de tubos de ensayo por todas partes.

El tanque con forma de barril. Las bandejas. Alex lo había visto antes, en forma de siluetas vagas en su Game Boy. Debía haber estado justo al otro lado de la segunda puerta. Echó a correr hacia allí. Estaba cerrada electrónicamente por dentro, a juzgar por la placa de cristal inserta en el muro. Nunca podría abrirla. Estaba atrapado.

Los pasos se aproximaban. Alex tuvo el tiempo justo de acurrucarse en el suelo, bajo uno de los bancos de trabajo, antes de que la primera puerta se abriese y dos guardias más entrasen corriendo en el laboratorio. Echaron una mirada alrededor, sin llegar a verlo.

—¡No está aquí! —dijo uno.

—¡Vete arriba!

Uno de los guardias se volvió por donde había venido. El otro se acercó a la segunda puerta y colocó la mano sobre el panel de cristal. Se produjo un destello verde y la puerta se abrió con un gran zumbido. El guardia la cruzó y desapareció. Alex rodó hasta la puerta, que ya se cerraba, y se las arregló para meter la mano en la hendidura. Esperó un momento, luego se incorporó. Como esperaba, estaba contemplando el pasillo inacabado en el que había sido sorprendido por Nadia Vole.

El guardia ya había desaparecido pasillo adelante. Alex se deslizó al otro lado, cerrando la puerta a sus espaldas y anulando así el sonido del claxon. Subió las escaleras de metal y luego cruzó una puerta batiente. Se sintió aliviado al regresar al aire fresco. El sol ya se había puesto, pero, al otro lado del césped, el aeródromo resplandecía, artificialmente iluminado por focos como los que Alex había visto en los campos de fútbol.

Había una docena de camiones aparcados muy juntos. Los hombres los estaban cargando con cajas pesadas, cuadradas, rojas y blancas. El avión de carga que Alex había visto al llegar remontaba el vuelo tras recorrer la pista.

Alex sabía que estaba contemplando el paso final de la cadena de montaje. Las cajas rojas y blancas eran las mismas que había visto en la sala subterránea. Los Stormbreaker, completos con su mortífero secreto, estaban siendo cargados y distribuidos. Al llegar la mañana estarían por todo el país.

Corrió rebasando la fuente y cruzando el césped, manteniéndose agachado. Se le pasó por la cabeza dirigirse a la puerta principal, pero sabía que sería en vano. Debían de haber alertado a los guardias. Lo estarían esperando. No podía trepar por la valla que rodeaba el perímetro, y menos aún con aquel alambre de espino en lo alto. No. La mejor solución parecía ser su propia alcoba. Allí estaba el teléfono. Y también sus únicas armas: los pocos artilugios que Smithers le había dado hacía cuatro días, ¿o eran cuatro años?

Entró en la casa por la cocina, el mismo sitio por el que había salido la noche anterior. No eran más que las ocho de la noche, pero todo aquello parecía desierto. Subió corriendo las escaleras y luego por el pasillo hasta su cuarto en la primera planta. Abrió lentamente la puerta. Parecía que la suerte estaba de su parte. No había nadie allí. Entró y cogió el teléfono, sin encender las luces. No había línea. No importaba.

Encontró su Game Boy, los cuatro cartuchos, el yoyó y la crema para granos y se los echó a los bolsillos. Ya se había decidido a no quedarse allí. Era demasiado peligroso. Tenía que encontrar la forma de ocultarse. Luego podría utilizar el cartucho de Némesis para contactar con el MI6.

Regresó a la puerta y la abrió. Con un sobresalto descubrió que el señor Grin estaba en el pasillo, con un aspecto espantoso gracias a su rostro blanco, el pelo de jengibre y su sonrisa morada y retorcida. Alex reaccionó con rapidez, golpeándolo con el borde de la mano derecha. Pero el señor Grin fue más rápido. Pareció como si se desplazase a un lado por arte de magia y luego golpeó con su propia mano, con el canto dirigido contra la garganta de Alex. Alex trató de respirar, pero el aire no entraba. El mayordomo lanzó un sonido inarticulado y golpeó por segunda vez. Alex tuvo la impresión de que, entre las cicatrices lívidas, estaba sonriendo de veras, disfrutando. Trató de esquivar el golpe, pero el puño del señor Grin impactó de lleno en su mandíbula. Se vio lanzado hacia el dormitorio, para caer de espaldas.

No llegó a enterarse de que impactaba contra el suelo.

EL MATÓN DE LA ESCUELA

FUERON a buscar a Alex a la mañana siguiente.

Había pasado la noche esposado a un radiador en una habitación pequeña y oscura con una única ventana cubierta con barrotes. Podría haber sido alguna vez una carbonera. Cuando Alex abrió los ojos, comenzaba a asomar la primera luz gris del alba. Los cerró y los abrió de nuevo. La cabeza le latía y un lateral de su cara estaba hinchado, ahí donde lo había golpeado el señor Grin. Tenía los brazos a la espalda y los tendones de sus hombros le quemaban. Pero lo peor de todo era la sensación de haber fracasado. Era 1 de abril, el día en que se inaugurarían los Stormbreakers. Y Alex estaba inerme. Era el tonto de la partida.

Acababan de dar las nueve de la mañana cuando la puerta se abrió para dar paso a dos guardias, con el señor Grin detrás de ellos. Soltaron las esposas y obligaron a Alex a ponerse en pie. Luego, con un guardia a cada lado, salieron de la habitación y subieron unas escaleras. Seguía en la casa de Sayle. Las escaleras llevaban al vestíbulo de la gran pintura del Juicio Final. Alex observó las figuras, que se retorcían de agonía en el lienzo. Si tenía razón, esa imagen se repetiría en breve por toda Inglaterra. Y ocurriría dentro de tres horas.

Los guardias medio lo arrastraron a través de una arcada para entrar en la habitación del acuario. Había una silla de madera, con respaldo alto, enfrente. Obligaron a sentarse a Alex en ella. Le esposaron de nuevo las manos a la espalda. Los guardias se fueron. El señor Grin se quedó.

Escuchó el sonido de pisadas en la escalera de caracol, vio los zapatos de cuero aparecer precediendo al hombre que los calzaba. Luego apareció Herod Sayle, vestido con un traje inmaculado de seda gris clara. Blunt y la gente del MI6 habían sospechado de aquel multimillonario de Oriente Medio desde el principio. Siempre creyeron que tenía algo que ocultar. Pero ni siquiera habían llegado nunca a intuir la verdad. No era amigo del país de Alex. Era su peor enemigo.

—Tengo tres preguntas —le espetó Sayle. Su voz era muy fría—. ¿Quién eres? ¿Quién te ha enviado? ¿Cuánto sabes?

—No sé de qué me está usted hablando —contestó Alex.

Sayle suspiró. Si había algo cómico en él la primera vez que Alex lo vio, aquello se había esfumado por completo. Su rostro era fatigado y profesional. Sus ojos realmente feos, llenos de amenaza.

—Tenemos poco tiempo —dijo—. Señor Grin...

El señor Grin se acercó a los expositores y tomó un cuchillo de filo con dientes de sierra y aguzado. Lo puso delante de su rostro, con los ojos resplandeciendo.

—Ya te he contado que el señor Grin solía ser un experto con los cuchillos —prosiguió Sayle—. Aún lo es. Dime lo que quiero saber, Alex, o te causará más dolor del que puedas siquiera imaginar. Y no trates de mentirme, por favor. Tan solo recuerda lo que les sucede a los mentirosos. Sobre todo a sus lenguas.

El señor Grin se acercó un paso. La hoja relampagueó al captar la luz.

—Me llamo Alex Rider —dijo Alex.

—¿El hijo de Rider?

—Su sobrino.

—¿Quién te ha enviado?

—Los mismos que lo enviaron a él —no tenía sentido mentir. No tenía ya ningún sentido. Las apuestas eran ya demasiado altas.

—¿El MI6? —Sayle se echó a reír sin la menor traza de humor—. ¿Envían a un chico de catorce años a hacer su trabajo sucio? He de decir que eso no es muy inglés. ¿No es como el críquet, eh? —adoptó un acento inglés exagerado. Luego avanzó y se sentó tras el mostrador—. ¿Y cuál es la respuesta a mi tercera pregunta, Alex? ¿Cuánto has descubierto?

Alex se encogió de hombros, tratando de parecer casual para ocultar el miedo que de verdad sentía.

—Sé bastante —aceptó.

—Habla.

Alex inspiró. A sus espaldas, la medusa pasó como una nube venenosa. Podía verla con el rabillo del ojo. Tironeó de sus esposas, preguntándose si podría romper la cadena. Se produjo un súbito destello y el cuchillo que había estado empuñando el señor Grin de repente vibraba en el respaldo de la silla, a un cabello de distancia de su cabeza. El filo, de hecho, había rozado la piel del cuello. Sintió un hilo de sangre deslizarse sobre su camisa.

—Estamos esperando a que hables —dijo Herod Sayle.

—De acuerdo. Cuando mi tío estaba aquí, se interesó por cuestiones de virus. Le pregunté a la bibliotecaria local. Creí que se refería a virus informáticos. Era la conclusión natural. Pero me equivocaba. Vi lo que estaban ustedes haciendo la noche pasada. Los escuché hablar por los altavoces. Hablaban de armamento biológico. Ustedes tienen algún tipo de virus real. Ha llegado en tubos de ensayo, dentro de cajas plateadas, y lo han puesto en los Stormbreaker. No sé qué va a ocurrir. Supongo que, cuando enciendan los ordenadores, la gente morirá. Estarán en los colegios, así que las víctimas serán los chicos. Lo que significa que usted no es el santo que la gente cree, señor Sayle. Es un asesino de masas. Un *mildito* psicópata, como diría usted.

Herod Sayle aplaudió blandamente.

—Lo has hecho muy bien, Alex —dijo—. Te felicito. Y te voy a dar tu recompensa. Te lo voy a contar todo.

Ha sido de veras apropiado que el MI6 me enviase un verdadero colegial inglés. Porque, verás, no hay nada en este mundo que yo odie más. Oh, sí... —Su rostro se contorsionó de rabia y, por un instante, Alex pudo ver la locura que acechaba tras sus ojos—. ¡Vosotros, *milditos* esnobs con vuestros colegios estirados y vuestra apestosa superioridad británica! Pero ya os enseñaré yo. ¡Ya os enseñaré!

—Se incorporó y fue hacia Alex.

—Vine a este país hace cuarenta años —dijo—. No tenía dinero. Mi familia no tenía nada. De no ser por un accidente estrambótico, hubiese vivido y muerto en Beirut. ¡Hubiese sido mucho mejor para vosotros! ¡Mucho mejor!

»Fui enviado aquí por una familia norteamericana, a que me educasen. Tenían amigos en el norte de Londres y viví con ellos, al tiempo que iba a la escuela local. No te puedes imaginar mis sentimientos de entonces. Estar en Londres, a la que yo siempre había considerado el corazón de la civilización. ¡Presenciar tanta opulencia y saber que iba a formar parte de ella! ¡Iba a convertirme en inglés! Para un chico nacido en un albañal libanés, era un sueño imposible.

»Pero pronto iba a conocer la realidad...»

Sayle se inclinó para arrancar el cuchillo de la silla. Se lo tendió al señor Grin, que lo recogió e hizo girar en la mano.

—Desde el instante en que llegué al colegio, se burlaron de mí y me hostigaron. Debido a mi estatura.

Por el color de mi piel. Porque no sabía hablar bien inglés. Porque no era uno de ellos. Me ponían motes. Herod Hedor. El chico-cabra. El enano. Me gastaban jugarretas. Chinchetas en los asientos. Libros robados y pintarrajeados. Los pantalones rotos y colgados del mástil de la bandera, bajo la Unión Jack.

—Mucha gente sufre acoso en el colegio... —comenzó Alex, y se interrumpió cuando Sayle le dio un revés con rabia en el rostro.

—No he acabado —dijo. Estaba respirando con pesadez y tenía saliva en el labio inferior. Alex podía ver que estaba reviviendo el pasado. Y de nuevo permitía que ese pasado lo destrozase.

—Había muchos matones en ese colegio —dijo—. Pero había uno que era peor que todos los demás juntos. Un renacuajo enano y pelota; pero sus padres eran ricos y tenía su sitio entre los demás chicos. Sabía cómo convencer a los que estaban alrededor... ya entonces era un político. Oh, sí. Podía ser encantador cuando se lo proponía. Cuando había profesores cerca. Pero en el momento en que le daban la espalda, iba a por mí. Solía organizar a los otros. *A por el chico-cabra. Vamos a meterle la cabeza en el inodoro*. Tenía mil ideas para hacer mi vida miserable y jamás paraba de idear otras nuevas. Siempre estaba acosándome y provocándome, y no había nada que yo pudiese hacer, ya que él era popular y yo un extranjero. ¿Sabes en qué se convirtió al crecer ese chico?

—Creo que me lo va a decir de todas formas —repuso Alex.

—Te lo voy a decir. ¡Al crecer se convirtió en el *mildito* primer ministro!

Sayle cogió un pañuelo de seda blanca y se enjugó el rostro. Su cabeza calva relucía con el sudor.

—Toda mi vida me han tratado igual —prosiguió—. No importa el éxito que lograse, cuánto dinero hiciese, cuánta gente emplease. Soy aún un chiste. Aún soy Herod Hedor, el chico-cabra, el emigrante libanés. Bueno, pues durante cuarenta años he estado planeando mi venganza. Y ahora, por fin, ha llegado mi hora. Señor Grin...

El señor Grin se acercó al muro y apretó un botón. Alex esperaba a medias que la mesa de billar saliese del suelo, pero en vez de eso se deslizó un panel en cada pared para mostrar televisiones, del suelo al techo, que parpadearon y cobraron vida de inmediato. En una pantalla, Alex pudo ver el laboratorio subterráneo; en otra, la cadena de montaje; en una tercera, el aeródromo con el último de los camiones dirigiéndose a su destino. Había cámaras de televisión en circuito cerrado por doquier y Sayle podía ver hasta la última esquina de su reino sin abandonar esa habitación. Alex no se extrañó de que lo hubiesen descubierto con tanta facilidad.

—Los Stormbreaker están ensamblados y listos. Y sí, tienes razón, Alex. Cada uno de ellos contiene lo que podríamos llamar un virus informático. Pero eso, si te parece, lo consideraremos mi pequeña broma. El virus del que estamos hablando es una variante de la viruela. Por supuesto, Alex, ha sido modificado genéticamente para hacerlo más rápido y resistente... mucho más letal. Una cucharada del mismo puede aniquilar a una ciudad. Y mis Stormbreaker contienen más, mucho más que eso.

»De momento está aislado, bastante a salvo. Pero esta tarde habrá una fiestecita en el Museo de Ciencias. Todas las escuelas de Gran Bretaña se nos unirán, con los escolares congregados alrededor de sus nuevos ordenadores, hermosos y resplandecientes. Y a medio día, al tocar las doce, mi viejo amigo el primer ministro lanzará uno de sus discursos petulantes y llenos de autobombo, y luego apretará el botón. Creerá estar activando los ordenadores y, en cierto modo, tendrá razón. Al apretar el botón liberará el virus y, para la medianoche, ya no habrá colegiales en Gran Bretaña, ¡y el primer ministro llorará al recordar el día que acosó por primera vez a Herod Sayle!

—¡Usted está loco! —exclamó Alex—. Esta medianoche estará en la cárcel.

Sayle descartó eso con un vaivén de la mano.

—No creo. Para cuando puedan comprender lo que ha ocurrido, yo ya me habré marchado. No estoy solo en esto. Tengo amigos poderosos que me ayudan...

—Yassen Gregorovich.

—¡Has estado ocupado! —Pareció sorprenderse de que Alex conociese el nombre—. Yassen trabaja para la gente que me ha estado ayudando. No hace falta mencionar nombres ni nacionalidades. Te sorprendería saber cuántas naciones odian a Inglaterra. La mayor parte de Europa, para empezar. Pero, en todo caso... —palmoteó, antes de regresar a su escritorio—. Ahora ya conoces la verdad. Me alegro de poder hablar contigo, Alex. No tienes ni idea de lo mucho que te odio. Incluso cuando estabas jugando ese estúpido juego conmigo, el billar, pensaba en lo mucho que me gustaría poder matarte. Eres como los chicos que tuve que soportar en el colegio. Nada ha cambiado.

—Usted no ha cambiado —dijo Alex. Le ardía aún la mejilla, ahí donde Sayle lo había golpeado. Pero ya había oído bastante—. Siento que lo acosasen en la escuela —dijo—. Pero una multitud de chicos sufren acoso y no se vuelven chiflados. Es usted triste de verdad, señor Sayle. Y su plan no va a funcionar. He contado al MI6 todo lo que sé. Lo estarán esperando en el Museo de Ciencias. Además de los loqueros, claro.

Sayle dejó escapar una risita.

—Disculpa si no te creo —intervino. Su rostro se volvió de repente de piedra—. Y puede que hayas olvidado que te avisé de que no me mintieses.

El señor Grin dio un paso adelante e hizo girar el cuchillo de tal forma que la hoja se posó en la palma de su mano.

—Me gustaría ver cómo mueres —dijo Sayle—. Por desgracia, tengo una cita urgente en Londres. —Se volvió hacia el señor Grin—. Venga conmigo al helicóptero. Luego regrese y mate al chico. Hágalo despacio. Que sea doloroso. Debiéramos haber guardado un poco de viruela para él… pero estoy convencido de que se le ocurrirá algo mucho más creativo.

Se dirigió hacia la puerta, luego se detuvo y se volvió hacia Alex.

—Adiós, Alex. No fue un placer conocerte. Pero disfrutaré de tu muerte. Y recuerda, solo eres el primero…

La puerta se cerró. Esposado a la silla, con la medusa flotando en silencio a su espalda, Alex se quedó solo.

AGUAS PROFUNDAS

ALEX se debatió tratando de liberarse de la silla. Tenía las muñecas arañadas y ensangrentadas, allí donde la cadena las había cortado, y las esposas estaban demasiado apretadas. Al cabo de treinta minutos, en vista de que el señor Grin aún no había regresado, trató de alcanzar la crema antiacné que le había dado Smithers. Sabía que podía romper las esposas en segundos, y lo peor era que la había puesto en el bolsillo con cremallera de sus pantalones de combate, y eso lo mortificaba. Pero aunque estiraba los dedos tanto como podía y estos llegaban solo a centímetros, no podía alcanzarla. Era para volverse loco.

Escuchó el batir del helicóptero al despegar y comprendió que Herod Sayle debía de estar camino de Londres. Alex aún se hallaba aturdido por lo que había oído. El multimillonario estaba completamente loco. Lo que estaba planeando se encontraba más allá de lo creíble, un asesinato en masa que aniquilaría a las generaciones venideras británicas. Alex trató de imaginar lo que iba a ocurrir. Decenas de miles de escolares se sentarían en sus clases, congregados alrededor de los nuevos Stormbreaker, esperando el momento —al mediodía exacto— en que el primer ministro apretase el botón y los pusiese en línea. Pero, en vez de eso, se produciría un siseo y una pequeña nube de mortífero vapor de viruela se liberaría en la atestada estancia. Al cabo de unos minutos, las muertes comenzarían por todo el país. Alex tenía que apartar de su cabeza aquel pensamiento. Era demasiado horrible. E iba a tener lugar en un par de horas. Era la única persona que podía detenerlo. Y allí estaba, inmovilizado, incapaz de hacer nada.

La puerta se abrió. Alex se giró, esperando ver aparecer al señor Grin, pero fue Nadia Vole la que se le acercó a toda prisa, tras cerrar la puerta a la espalda. Su rostro pálido estaba encendido y sus ojos, detrás de las gafas, estaban llenos de miedo. Llegó hasta él.

—¡Alex!

—¿Qué quiere? —Alex trató de apartarse cuando ella se cernió sobre él. Se escuchó un clic y, para su asombro, sintió las manos libres. ¡Había liberado las esposas! Se incorporó, preguntándose qué estaba pasando.

—Alex, escúchame —dijo Vole. Las palabras surgían rápidas y bajas de sus labios pintados de amarillo—. No tenemos mucho tiempo. He venido a ayudarte. Trabajaba con tu tío… Herr Ian Rider. —Alex la miró sorprendido—. Sí. Estamos en el mismo bando.

—Pero nadie me dijo…

—Era mejor que no lo supieses.

—Pero… —Alex estaba confuso—. La vi a usted con el submarino. Sabía lo que Sayle estaba haciendo…

—No había nada que pudiese hacer. No entonces. Es demasiado largo de explicar. No tenemos tiempo para discutir. ¿Quieres parar esto o no?

—Tengo que llegar a un teléfono.

—Todos los teléfonos de la casa son de código. No podrás usarlos. Pero tengo un móvil en mi oficina.

—Entonces vamos.

Alex aún se mostraba receloso. Si Nadia Vole había sabido tanto, ¿por qué no había tratado de detener antes a Sayle? Por otra parte, lo había liberado, y el señor Grin volvería en cualquier momento. No tenía más remedio que confiar en ella. Salió con Nadia de la habitación, rodeando la esquina y luego por unas escaleras que llevaban a un descansillo con una estatua de una mujer desnuda, alguna diosa griega, en la esquina. Vole se detuvo un momento, apoyando la mano contra el brazo de la estatua.

—¿Qué ocurre? —preguntó Alex.

—Me siento mareada. Sigue tú. Es la primera puerta a la izquierda.

Alex la rebasó y cruzó el descansillo. Con el rabillo del ojo vio cómo presionaba hacia abajo el brazo de la estatua. El brazo se movió… era una palanca. Para cuando comprendió que lo habían engañado, ya era demasiado tarde. Aulló cuando el suelo basculó bajo sus pies sobre un pivote oculto. Trató de no caer, pero no había nada que pudiese hacer. Cayó de espaldas y se deslizó por el suelo hasta un túnel de plástico negro que giraba en espiral. Al caer, vio cómo Nadia Vole reía triunfante, y luego se fue, tratando desesperadamente de encontrar un asidero y preguntándose qué habría al final de esa caída.

Lo descubrió cinco segundos más tarde. El túnel en espiral lo despidió. Voló por los aires durante un instante para caer después en agua fría. Quedó cegado por un momento, mientras luchaba por respirar. Luego emergió a la superficie y descubrió que estaba en un inmenso tanque de cristal lleno de agua y piedras. Así fue como comprendió, lleno de horror, dónde estaba.

Vole lo había arrojado al tanque de la medusa gigante: la carabela portuguesa de Herod Sayle. Era un milagro que no hubiese caído sobre ella. La podía ver en la esquina más lejana del tanque, con sus espantosos tentáculos de cientos de aguijones, agitándose y retorciéndose en el agua. No había ningún obstáculo entre ambos. Alex luchó por imponerse al pánico, se obligó a permanecer quieto. Comprendió que el debatirse en las aguas solo conseguiría crear una corriente que podría llevar a la criatura hasta él. La carabela no tenía ojos. No sabía que estaba allí. No podría... atacar.

Pero puede que llegase hasta él. El acuario en el que se hallaba era inmenso, de al menos diez metros de profundidad y veinte o treinta de largo. El cristal se elevaba por encima del nivel del agua, fuera de su alcance. No había forma de salir trepando. Al mirar abajo a través de las aguas vio luz. Comprendió que estaba mirando a la habitación que acababa de abandonar, la oficina privada de Herod Sayle. Hubo un movimiento —todo resultaba vago y distorsionado a través del agua en movimiento— y la puerta se abrió. Entraron dos figuras. Alex apenas podía distinguirlas, pero sabía de quiénes se trataba. Fräulein Vole y el señor Grin. Se detuvieron frente al tanque. Vole empuñaba lo que parecía un teléfono móvil.

—Espero que puedas oírme, Alex —la voz de la alemana resonó en un altavoz situado en algún punto sobre su cabeza—. Estoy segura de que habrás visto que no hay forma de salir del tanque. Puedes aguantar en el agua. Puede que una hora, puede que dos. Otros han durado más. ¿Cuál es el récord, señor Grin?

—¡Ino edaaa!

—Cinco horas y media, sí. Pero pronto te sentirás cansado, Alex. Te hundirás. O puede que sea rápido y te abrace nuestro amigo. Lo ves, ¿no? No es un abrazo muy recomendable. Te matará. El dolor, creo, es más de lo que puede imaginar un chico. Es una pena, Alex Rider, que el MI6 te enviase aquí. No te volverán a ver.

La voz se esfumó. Alex pataleó en el agua, tratando de mantener la cabeza sobre la superficie, los ojos fijos en la medusa. Hubo otro movimiento borroso al otro lado del cristal. El señor Grin había abandonado la estancia. Pero Vole se había quedado. Quería verlo morir.

Alex miró hacia arriba. El tanque estaba iluminado por una serie de bandas de neón, pero se encontraban demasiado lejos como para que pudiera alcanzarlas. Bajo él escuchó un clic, y luego un sonido bajo y zumbante. Casi enseguida se percató de que algo había cambiado. ¡La medusa se estaba moviendo! Podía ver el cono translúcido, con su punta malva oscuro, dirigiéndose hacia él. Bajo el cuerpo de la criatura, los tentáculos danzaban con lentitud.

Tragó agua y comprendió que había abierto la boca para gritar. Vole debía de haber activado la corriente artificial. Eso era lo que hacía moverse a la medusa. Pataleó con desesperación, alejándose de ella, nadando de espaldas. Un tentáculo pasó flotando y se enroscó en su pie. De no haber llevado zapatillas, le hubiese picado. ¿Podían los aguijones traspasar sus ropas? Casi seguro que sí. Las zapatillas eran la única protección con la que contaba.

Llegó a la esquina del fondo del acuario y se detuvo allí, con una mano sobre el cristal. Ya sabía que lo que Vole había dicho era verdad. Si la medusa no acababa con él, el cansancio lo haría. Tenía que luchar cada segundo por mantenerse a flote, y el atroz terror estaba minando su fortaleza.

El cristal. Empujó contra el mismo, preguntándose si podría romperlo. Puede que hubiera una forma... Comprobó la distancia que lo separaba de la medusa, inspiró profundamente y se hundió hacia el fondo del acuario. Pudo ver a Nadia Vole observándolo.

Aunque era solo un manchón para él, Alex tenía que resultar perfectamente visible para ella. No se movió, y Alex comprendió, lleno de desesperación, que había estado esperando que él hiciese justo eso.

Nadó hasta las rocas y buscó una lo bastante pequeña como para poder subirla a la superficie. Pero las piedras eran demasiado pesadas. Encontró una del tamaño de su cabeza, pero esta rehusó moverse. Vole no había tratado de detenerlo, a sabiendas de que las rocas estaban pegadas con cemento. Alex se estaba quedando sin aire. Giró y se propulsó hacia la superficie, y solo en el último segundo vio que la medusa se había colocado de alguna forma encima de él. Gritó y las burbujas surgieron en eructo de su boca. Los tentáculos estaban justo sobre su cabeza. Alex retorció el cuerpo y se las arregló para permanecer abajo, agitando enloquecido las piernas para propulsarse hacia un lateral. Su espalda fue a golpear contra la roca más cercana y sintió cómo el dolor lo sacudía. Sujetándose el brazo con la mano, retrocedió hasta otra esquina y se alzó, respirando afanosamente apenas su cabeza rompió la superficie de las aguas.

No podía romper el cristal. No podía trepar. No podría esquivar para siempre el toque de la medusa. Aunque había recogido las ayudas que Smithers le había dado, ninguna de ellas podría ayudarlo.

Entonces recordó la crema. Se soltó el brazo y corrió un dedo por el costado del acuario. El tanque era una maravilla de ingeniería. Alex no tenía idea de cuánta presión ejercía el agua sobre las inmensas láminas de cristal, pero todo el ingenio estaba unido por un armazón de vigas de hierro que se encontraban en las esquinas, así como a ambos lados del cristal, con las caras metálicas unidas por remaches.

Pataleando en el agua, abrió la cremallera de su bolsillo y sacó el tubo. CREMA ANTIACNÉ. POR UNA PIEL MÁS SANA. Si Nadia Vole podía ver lo que estaba haciendo, pensaría que se había vuelto loco. La medusa se dirigía hacia el fondo del acuario. Alex esperó unos pocos instantes, antes de nadar hacia delante y sumergirse por segunda vez.

No parecía haber demasiada crema, habida cuenta del grosor de las vigas y el tamaño del tanque, pero Alex recordó la demostración que Smithers le había ofrecido y cuán poca cantidad había empleado. ¿Funcionaría la crema bajo el agua? Ya no tenía sentido preocuparse de eso. Alex apoyó el tubo contra las esquinas metálicas del frontal del tanque y se afanó por trazar una larga línea por todo el metal, usando la otra mano para frotarlo alrededor de los remaches.

Pataleó para propulsarse hacia el otro lado. No sabía cuánto podía tardar la crema en hacer efecto y, de todas formas, Nadia Vole ya se había dado cuenta de que algo iba mal. Alex vio cómo se levantaba de nuevo y hablaba por un teléfono, quizá pidiendo ayuda.

Había usado medio tubo en un lado del tanque. Usó la otra mitad en el otro lado. La medusa se cernía sobre él, los tentáculos tendiéndose como si quisiera aferrarlo y detenerlo. ¿Cuánto tiempo llevaba bajo el agua? El corazón le palpitaba. ¿Y qué ocurriría cuando se rompiese el metal?

Tuvo el tiempo justo de salir y tomar una bocanada antes de descubrirlo.

Aún debajo del agua, la crema había actuado a través de los remaches en el interior del tanque. El cristal se había separado de las vigas y, sin nada que lo sustentase, la inmensa presión del agua lo había forzado a abrirse de la misma forma que lo haría el viento con una puerta. Alex no vio lo que ocurría. No tuvo tiempo de pensar. El mundo giró y se vio lanzado hacia delante como un corcho en una cascada. Los siguientes segundos fueron una vertiginosa pesadilla de agua alborotada y cristal que se quebraba. Alex no se atrevió a abrir los ojos. Se sintió lanzado hacia delante, golpeó contra algo y luego aspirado de vuelta. Estaba convencido de haberse roto todos los huesos. Ahora estaba bajo el agua. Luchó por encontrar aire. Su cabeza rompió la superficie, pero, aun así, cuando finalmente abrió la boca, se sorprendió de poder siquiera respirar.

El frontal del tanque había saltado y millares de litros de agua había irrumpido en cascada en la oficina de Herod Sayle. El agua había destrozado el mobiliario y hecho saltar las ventanas. Goteaba aún sobre el suelo. Arañado y aturdido, Alex se puso en pie, con el agua por los tobillos.

¿Dónde estaba la medusa?

Había tenido suerte de que no hubieran chocado en la súbita erupción de agua. Pero aún podía estar cerca. Podía haber suficiente agua en la oficina de Sayle como para que pudiera alcanzarlo. Alex se recostó en una esquina del cuarto, con el cuerpo en tensión. Entonces lo vio.

Nadia Vole había tenido menos suerte. Se encontraba frente al cristal cuando las vigas cedieron y no logró apartarse a tiempo. Estaba tumbada de espaldas, con las piernas laxas y rotas. La carabela portuguesa estaba sobre ella. Una parte estaba posada sobre su rostro y parecía mirarla a través de la estremecida masa de jalea. Sus labios amarillos estaban retraídos en un grito sin fin. Los tentáculos estaban enrollados a su alrededor, cientos de aguijones unidos a sus brazos, piernas y pecho. Sintiéndose enfermo, Alex retrocedió hasta la puerta y salió tambaleándose hacia el pasillo.

Una alarma había comenzado a sonar. Solo ahora podía oírla, según recuperaba el oído y la visión. El aullido de la sirena, en su estado de desconcierto, lo sacudió. ¿Qué hora era? Casi las once. Al menos su reloj aún funcionaba. Pero se encontraba en Cornualles, a casi cinco horas de coche de Londres y, con las alarmas sonando y guardias armados junto a la alambrada de espino, nunca lograría salir del complejo. ¿Encontrar un teléfono? No. Vole probablemente le dijo la verdad al comentar que estaban bloqueados. Y, de todas formas, ¿cómo contactar con Alan Blunt o la señora Jones en aquella etapa final? Debían de estar ya en el Museo de Ciencias.

Solo quedaba una hora.

Fuera, sobre el estruendo de la alarma, Alex escuchó otro sonido. El ronroneo y el rugido de un motor. Se acercó a la ventana más próxima a mirar. Estaba claro que el avión de carga que viese al llegar al lugar se disponía para el despegue.

Alex estaba chorreando, magullado y casi exhausto. Pero sabía lo que tenía que hacer.

Se dio la vuelta y echó a correr.

LAS ONCE EN PUNTO

ALEX salió en tromba de la casa y se detuvo al aire libre, a examinar los contornos. Se dio cuenta de que había alarmas sonando y de que los guardias se dirigían en su misma dirección en dos vehículos, aún a cierta distancia, por el camino principal, dirigiéndose hacia la casa. Confiaba en que, aun siendo conscientes de que algo iba mal, ninguno supiese exactamente lo que ocurría. No podían estar buscándolo, al menos todavía no. Eso le daba una opción.

Parecía como si ya fuese demasiado tarde. El helicóptero privado de Sayle había partido. Solo quedaba el avión de carga. Si Alex iba a alcanzar el Museo de Ciencias de Londres en los cincuenta y nueve minutos que quedaban, tenía que ser en él. Pero el carguero ya se estaba moviendo, apartándose lentamente de sus calzos. En un minuto o dos realizaría las comprobaciones previas al vuelo. Luego despegaría.

Alex miró a su alrededor y vio un todoterreno militar descubierto, aparcado en el paseo, junto a la puerta principal. Había un guardia junto al mismo, un cigarrillo en la mano, mirando alrededor mientras trataba de ver qué ocurría... pero miraba en la dirección equivocada. Alex se lanzó a la carrera sobre la grava. Había cogido un arma de la casa. Uno de los fusiles arpón que había encontrado flotando cuando abandonaba la habitación; lo había recogido para tener algo con lo que defenderse al menos. Hubiese sido fácil disparar contra el guardia en esos momentos. Pero Alex sabía que no podía. Fuera lo que fuese lo que Alan Blunt y el MI6 quisiesen hacer de él, no estaba preparado para disparar a sangre fría. No por su país. Ni siquiera para salvar su propia vida.

El guardia descubrió a Alex mientras se acercaba y manoteó en busca de la pistola que llevaba al cinto, en una cartuchera. No la llegó a usar. Alex empleó la empuñadura del arpón, haciéndola girar para descargarla contra el otro con fuerza, bajo el mentón. El guardia se dobló y la pistola cayó de su mano. Alex se apoderó de ella y saltó al todoterreno, comprobando aliviado que la llave estaba puesta. La giró y escuchó cómo arrancaba el motor. Sabía conducir. Era algo que Ian Rider se había ocupado de que aprendiese, tan pronto como sus piernas fueron lo bastante largas como para llegar a los pedales. Los otros autos se le acercaban. Debían de haber visto cómo atacaba al guardia. El avión estaba girando y ya estaba enfilando para comenzar el despegue.

No llegaría a tiempo.

Puede que fuese el peligro que se cernía sobre él desde todos los lados lo que agudizó sus sentidos. Puede que se debiese a que había escapado por los pelos de muchos peligros. Lo cierto es que Alex no pensó. Sabía lo que tenía que hacer como si lo hubiese ejecutado una docena de veces antes. Y puede que su entrenamiento hubiese sido más efectivo de lo que había creído.

Echó la mano al bolsillo y sacó el yoyó que le había dado Smithers. Había un tachón metálico en su cinturón y allí fijó el yoyó, sintiendo su clic cuando encajó, tal y como había sido diseñado. Luego, lo más rápido que pudo, ató la punta del cordón de nailon al arpón. Por último, se metió la pistola que había quitado al guardia en el bolsillo trasero del pantalón. Estaba dispuesto.

El avión había completado las comprobaciones previas al vuelo. Estaba encarando la pista. Sus motores giraban a pleno rendimiento.

Alex metió primera, soltó el freno de mano y lanzó el todoterreno hacia delante, abandonando el camino para meterse por la hierba, directo hacia la pista. En ese instante se escuchó un tableteo de metralletas. Se agazapó sobre el volante y se retorció cuando el retrovisor lateral explotó y una lluvia de balas impactó en el parabrisas y la puerta. Los dos coches, acudiendo a toda velocidad, de frente hacia él, estaban cada vez más cerca. En cada uno de ellos había un guardia en el asiento de atrás, asomado por la ventanilla, y le disparaban. Alex pasó entre ambos y, durante un segundo espantoso, tuvo uno a cada lado. Estaba emparedado entre los dos coches, con guardias disparándole desde derecha e izquierda. Pero salió. Los guardias no lo alcanzaron y se hirieron el uno al otro. Escuchó cómo uno de ellos aullaba y dejaba caer el arma. Uno de los coches perdió el control y fue a estrellarse contra la fachada principal, con un estruendo de metal contra ladrillo. El otro se detuvo, dio marcha atrás y volvió a perseguirlo.

El avión estaba comenzando a recorrer la pista. Lento al principio, pero alcanzando velocidad con rapidez. Alex llegó al asfalto y lo siguió.

Su pie estaba clavado en el acelerador, metiéndolo a fondo. El todoterreno debía de ir a ciento treinta por hora, y no era bastante. Durante unos pocos segundos, Alex se encontró en paralelo con el avión de carga, a solo unos metros. Pero este ya iba ganando terreno. En un instante, se elevaría por los aires.

Y, justo delante, el camino estaba bloqueado. Acababan de llegar dos todoterreno más a la pista. Había más guardias con metralletas en los asientos, manteniendo el equilibrio medio agazapados. Alex comprendió que el único motivo por el que no disparaban era el miedo a alcanzar al avión. Pero el aeroplano acababa de abandonar el suelo. Delante, y justo a la izquierda, Alex vio cómo la rueda delantera se separaba de la pista. Miró por el retrovisor. El coche que lo había estado persiguiendo se encontraba justo a la zaga. No tenía escapatoria.

Un coche a su espalda, dos todoterreno delante. El avión estaba ahora en el aire, las ruedas traseras abandonando el suelo. Todo sucedió entonces.

Alex soltó el volante, cogió el fusil arpón y disparó. El arpón relampagueó en el aire. El yoyó unido al cinturón de Alex giró, largando treinta metros de nailon especial, de diseño avanzado. La punta del arpón se hundió en el vientre del avión. Alex sintió como si lo partiesen en dos cuando se vio arrancado del todoterreno, al otro extremo del cordel. En unos segundos se encontraba a cuarenta, cincuenta metros de altura sobre la pista, colgando bajo el avión. El todoterreno dio un bandazo, fuera de control. Los otros dos todoterreno trataron de esquivarlo, sin conseguirlo. Ambos fueron a estrellarse contra él en una colisión triple. Se produjo una explosión, una bola de llamas y un hongo de humo gris que se alzó hacia Alex, como tratando de arrastrarlo. Un momento después se produjo otra explosión. El segundo coche había tratado de esquivar a los dos todoterreno, pero iba a demasiada velocidad. Se estrelló contra los restos, volcó y continuó bocarriba por la pista, antes de estallar en llamas.

Alex vio poco de todo eso. Estaba suspendido del avión con un único y delgado cordel, dando vueltas y más vueltas mientras lo elevaban por los aires. El viento rugía a su alrededor, golpeando su rostro y ensordeciéndolo. Ni siquiera podía escuchar los motores, justo sobre su cabeza. El cinturón le hacía daño en la cintura. Apenas podía respirar. Manoteó desesperado en busca del yoyó y encontró el control que requería. Un simple botón… lo apretó. El motor, pequeño y poderoso, situado dentro del yoyó, comenzó a trabajar. El yoyó rotaba en su cinturón, tirando del cordón. Muy lentamente, centímetro a centímetro, Alex se vio izado hacia el avión.

Había apuntado con cuidado el arpón. Había una compuerta en la zaga del aeroplano y, cuando paró el motor del yoyó, estaba lo bastante cerca como para alcanzar la manija. Se preguntó quién tripularía el avión y hacia dónde se dirigía. El piloto tenía que haber visto el desastre ocurrido en la pista, pero no podía haber escuchado al arpón. No podía saber que llevaba un pasajero extra.

Abrir la puerta resultó más difícil de lo que esperaba. Aún estaba colgando del avión y cada vez que se acercaba a la manija, el viento lo apartaba. Apenas podía ver. El viento le hacía lagrimear. Por dos veces sus dedos encontraron la manija de metal, solo para ser arrebatado antes de que pudiera girarla. La tercera vez se las arregló para agarrarla con más fuerza, pero, aun así, necesitó de todas sus fuerzas para girarla.

La puerta se abrió y él se encaramó al umbral. Echó una última mirada atrás. La pista estaba ya a unos trescientos metros por debajo. Había dos incendios rugientes, pero a esa altura no parecían más que fósforos encendidos. Alex soltó el yoyó, liberándose. Echó mano al cinturón de sus pantalones militares y empuñó la pistola.

El avión estaba vacío, fuera de un par de fardos que Alex reconoció vagamente. Había un único piloto a los mandos y algún instrumento debió advertirle de que la puerta se había abierto, porque se giró con brusquedad en el asiento. Alex se encontró cara a cara con el señor Grin.

—¿Eeeegg? —murmuró el mayordomo.

Alex alzó la pistola. Dudaba de llegar a tener el coraje necesario para usarla. Pero no iba a permitir que el señor Grin lo supiese.

—Muy bien, señor Grin —gritó por encima del rugido de los motores y el aullido del viento—. No puede hablar pero sí escuchar. Quiero que lleve este avión a Londres. Al Museo de Ciencias en South Kensington. No puede llevarnos más de media hora llegar allí. Y si creo que está tratando de engañarme, le meteré una bala. ¿Me ha entendido?

El señor Grin no dijo nada.

Alex disparó la pistola. La bala impactó en el suelo, justo al lado del pie del señor Grin. Este contempló a Alex, antes de asentir lentamente.

Tendió la mano y empujó la palanca de mando. El avión picó y comenzó a enfilar en dirección este.

LAS DOCE EN PUNTO

APARECIÓ Londres.

De repente las nubes se dispersaron y el sol de mediodía le mostró la ciudad entera, brillante. Allí estaba la central de Battersea, alzándose orgullosa con sus cuatro grandes chimeneas aún intactas, aunque sus tejados habían desaparecido hacía mucho. Tras ella, el Parque de Battersea se mostraba como un cuadrado de espesos matorrales verdes y árboles que aún aguantaban en pie, luchando en retroceso contra el crecimiento urbano. A lo lejos, la Rueda Millennium colgaba como una fabulosa moneda de plata, balanceándose sin esfuerzo sobre el borde. Londres se agazapaba alrededor; torres de petróleo y edificios de apartamentos, interminables filas de tiendas y casas, carreteras, ferrocarriles y puentes extendiéndose en ambas direcciones, separados solo por la brillante brecha plateada en el paisaje que era el río Támesis.

Alex lo vio todo con el estómago encogido, mirando a través de la puerta abierta del avión. Había tenido cincuenta minutos para pensar qué iba a hacer. Cincuenta minutos mientras el avión sobrevolaba Cornualles y Devon, luego Somerset y las llanuras de Salisbury, antes de llegar a las North Downs y volar hacia Windsor y Londres.

Mientras estaba en el avión, Alex había intentado usar la radio para llamar a la Policía o a cualquiera que pudiera estar escuchando. Pero la visión del señor Grin a los controles había cambiado eso. Recordaba lo rápido que se había mostrado el hombre tanto a las puertas de su dormitorio como tirando el cuchillo cuando Alex estaba atado a la silla. Sabía que se encontraba a salvo en la zona de carga, con el señor Grin amarrado al asiento del piloto, en la parte frontal del avión. Pero no se atrevía a acercarse más. Aun teniendo la pistola, podía resultar muy peligroso.

Había pensado en obligar al señor Grin a aterrizar en Heathrow. La radio había comenzado a parlotear en el preciso momento en que entraron en el espacio aéreo de Londres y no se detuvo hasta que el señor Grin la apagó. Pero eso nunca hubiera funcionado. Para cuando hubiesen llegado al aeropuerto, tomado tierra y aparcado en un lateral, ya todo se habría consumado.

Entonces, acurrucado en la zona de carga, Alex había reconocido los dos paquetes que había en el suelo, cerca de él. Y esos le habían indicado qué tenía que hacer con exactitud.

—¡Uuggg! —dijo el señor Grin. Se giró en su asiento y, por última vez, Alex vio la espantosa sonrisa que el cuchillo de circo había abierto en sus mejillas.

—Gracias por el paseo —dijo Alex, y saltó por la puerta abierta.

Los paquetes eran paracaídas. Alex los había comprobado y se había echado uno a la espalda cuando aún se hallaban sobre Reading. Se alegraba de haber estado un día entero practicando con el paracaídas, con los SAS, aunque este vuelo había sido aún peor que el realizado sobre los valles galeses. Esta vez no había cordón. No había nadie para asegurarle que su paracaídas había sido empacado convenientemente. De haber tenido otra forma de llegar al Museo de Ciencias en los siete minutos que quedaban, lo hubiera hecho. No había otra forma. Lo sabía. Así que saltó.

Una vez cruzado el umbral, no resultó tan malo. Hubo un momento de confusión que lo desconcertó, cuando el viento lo volvió a golpear. Cerró los ojos y se obligó a contar hasta tres. Si abría el paracaídas demasiado pronto, la tela podía engancharse en la cola del avión. Aun así, su mano estaba engarfiada y apenas pudo musitar la palabra «tres» cuando ya estaba tirando con todas sus fuerzas. El paracaídas floreció sobre su cabeza y sufrió un tirón hacia atrás, de forma que sintió que el arnés le cortaba en axilas y costados.

Habían estado volando a mil pies de altura. Cuando Alex abrió los ojos, se sorprendió de lo calmado que se sentía. Estaba colgando en el aire bajo un confortable dosel de seda blanca. Se sentía como si no se estuviese moviendo. Ahora que había dejado el avión, la ciudad parecía aún más alejada e irreal. Solo existían el cielo, Londres y él mismo. Estaba casi disfrutando.

Y entonces oyó volver al avión.

Estaba ya a un par de kilómetros de distancia, pero mientras lo observaba vio cómo se inclinaba de forma acusada hacia la derecha, para dar un giro brusco. El aparato se elevó para después nivelarse; se dirigía directo hacia él. El señor Grin no le iba a dejar marcharse con tanta facilidad. Mientras el avión se acercaba más y más, casi pudo ver la eterna sonrisa del hombre tras la ventana de la carlinga. El señor Grin trataba de acertarle con el avión, hacerlo picadillo en pleno aire.

Pero Alex ya había previsto tal contingencia.

Tendió la mano y cogió la Game Boy. Esta vez no había ningún cartucho en su interior: mientras estaba en el avión había sacado el de Bomber Boy y lo había deslizado por el suelo. Y ahí estaba ahora. Justo bajo el asiento del señor Grin.

Apretó el botón de arranque tres veces.

El cartucho explotó dentro del avión, liberando una nube de acre humo gris. El humo inundó la bodega, arremolinándose junto a las ventanillas y saliendo por la compuerta abierta. El señor Grin desapareció, rodeado por completo de humo. El avión bandeó, antes de caer.

Alex observó cómo se desplomaba el avión. Podía imaginarse al señor Grin cegado, tratando de recuperar el control. El avión comenzó a girar, despacio al principio, más rápido después. Los motores gimieron. Ahora se dirigía directo contra el suelo, cruzando como un aullido los aires. Iba dejando una estela de humo amarillo a su paso. En el último instante, el señor Grin se las arregló para enderezar de nuevo. Pero ya era demasiado tarde. El avión fue a estrellarse contra lo que parecía una parcela abandonada de muelles, cerca del río, y desapareció en una bola de fuego.

Alex miró el reloj. Las doce menos tres minutos. Estaba aún a trescientos metros del suelo y, a menos que aterrizase a las mismas puertas del Museo de Ciencias, no iba a conseguirlo. Tirando de las manijas y usándolas para guiarse, trató de tomar el camino más rápido.

Dentro de la Sala Este del Museo de Ciencias, Herod Sayle estaba concluyendo su alocución. La sala entera había sido remodelada para el gran momento en el que los Stormbreaker se pusiesen a funcionar en línea.

La habitación oscilaba entre lo antiguo y lo moderno, entre las columnatas de piedra y los suelos de acero inoxidable, entre el último grito en alta tecnología y las viejas curiosidades de la Revolución Industrial.

Habían levantado una plataforma en el centro, a modo de estrado para Sayle, el primer ministro, el secretario de Prensa y el secretario de Estado de Educación. Delante de ellos habían emplazado una docena de filas de sillas para periodistas, maestros e invitados. Alan Blunt se encontraba en la fila delantera, tan inexpresivo como siempre. La señora Jones, vestida de negro y con un gran broche en la solapa, se encontraba a su lado. A cada lado de la sala habían montado plataformas de televisión, y las cámaras estaban enfocando mientras Sayle hablaba. La alocución había sido transmitida en directo a los colegios de todo el país y sería mostrada en las noticias de la tarde. El salón estaba atestado de entre doscientas o trescientas personas de pie, en la primera y segunda galerías, que observaban desde arriba y todos los ángulos la plataforma. Mientras Sayle hablaba, las grabadoras funcionaban y los flases de las cámaras destellaban. Nunca antes un particular había hecho un donativo tan generoso a la nación. Aquello era todo un suceso. Para los libros de historia.

—... es el primer ministro, y solo el primer ministro, el responsable de lo que va a suceder —estaba diciendo Sayle—. Y espero que esta noche, cuando recuerde lo que va a suceder hoy por todo el país, recuerde los días que pasamos juntos en el colegio y todo lo que hizo en aquella época. Creo que esta noche el país va a saber qué clase de hombre es. Hay algo seguro. Este es un día que nunca olvidarán.

Inclinó la cabeza. Hubo un estallido de aplausos. El primer ministro puso los ojos en su secretario de

Prensa, desconcertado. El secretario de Prensa se encogió de hombros con grosería apenas disimulada. El primer ministro ocupó su lugar ante el micrófono.

—No estoy muy seguro de cómo responder a eso —bromeó, y todos los periodistas se echaron a reír. El Gobierno gozaba de tal mayoría que todos sabían que lo mejor para sus intereses era reírle las gracias al primer ministro—. Me alegro de que el señor Sayle guarde recuerdos tan gratos de nuestros días de colegio juntos y me congratulo de que los dos, juntos, podamos hoy hacer una aportación de tal calibre a nuestros colegios.

Herod Sayle señaló hacia una mesa situada junto a uno de los costados de la palestra. Sobre la mesa se encontraba un ordenador Stormbreaker y, a su lado, un ratón.

—Ese es el control maestro —dijo—. Apriete el ratón y todos los ordenadores se pondrán en línea.

—Muy bien —el primer ministro alzó el dedo y se colocó de tal forma que las cámaras captasen su mejor perfil. En algún lugar exterior al museo comenzó a sonar una campana.

Alex oyó las campanadas desde una altura de unos cien metros, mientras el techo del Museo de Ciencias se alzaba para recibirlo.

Había visto el edificio justo después de que el avión se estrellase. No había sido fácil encontrarlo, dado que la ciudad se extendía bajo sus pies como un mapa tridimensional. Por otra parte, había vivido toda su vida en Londres occidental y había visitado con frecuencia el museo. Primero había visto la montaña de nata victoriana que era el Albert Hall. Justo al sur de este se alzaba una alta torre blanca coronada por una cúpula verde: el Colegio Imperial. Según iba cayendo, Alex parecía moverse cada vez más rápido. La ciudad entera se había convertido en un fantástico rompecabezas y no tenía más que unos pocos segundos para encajar las piezas. Un edificio grande y extravagante con torres como campanarios y ventanas eclesiales. Ese tenía que ser el Museo de Historia Natural. El Museo de Historia Natural estaba en Cromwell Road. ¿Cómo se iba de ahí hasta el Museo de Ciencias? Girando a la derecha en el cruce de Exhibition Road, claro.

Y allí estaba. Alex tiró del paracaídas, guiándose hacia allí. Qué pequeño se veía en comparación con los otros edificios; una construcción rectangular con un techo plano y gris, asomado a la calle principal. Parte del techo estaba formado por una serie de arcos, el tipo de elemento que puede uno ver en las estaciones de ferrocarril, o tal vez en un conservatorio enorme. Eran de un color naranja desvaído y se curvaban uno tras otro. Parecían hechos de cristal. Alex podía aterrizar en la parte plana. Entonces, todo lo que tendría que hacer sería mirar a través de las ventanas curvas. Aún tenía el arma que le había quitado al guardia. Podía usarla para detener al primer ministro. Si era necesario, podía disparar contra Herod Sayle.

Se las ingenió de alguna manera para colocarse sobre el museo. Cuando salvaba los últimos doscientos metros en vertical, al oír cómo el reloj daba las doce, comprendió dos cosas. Que caía demasiado rápido. Y que había errado el techo plano.

Lo cierto es que el Museo de Ciencias tiene dos tejados. El original es de estilo georgiano, hecho de vidrio emplomado. Pero, de alguna forma, en los últimos tiempos deben haber aparecido goteras, porque los conservadores han construido un techo de láminas de plástico sobre el primero. Ese era el tejado naranja que Alex había visto.

Impactó con los pies por delante. El techo cedió. Cayó a través, hasta una estancia interior, errando por los pelos una red de vigas de acero y escalerillas de mantenimiento. Apenas tuvo tiempo de fijarse en lo que parecía una alfombra marrón, cubriendo toda la superficie abombada de abajo. Luego impactó contra ella y la atravesó también. No era más que una delgada cubierta, destinada a proteger al cristal inferior de la luz y el polvo. Al cabo, su paracaídas se enganchó en una viga. Se detuvo de un tirón y quedó oscilando en pleno aire, en mitad del Salón Este.

Y esto fue lo que vio.

Debajo, y todo alrededor, había trescientas personas que se habían inmovilizado y lo contemplaban estupefactas. Había más gente sentada en sillas, justo debajo de él, y algunos habían resultado heridos. Había sangre y cristales rotos. Un puente hecho de trozos de cristal verde se desparramaba por el salón. Había un mostrador de información de diseño futurista y, frente a él, en el mismo centro de todo, había un estrado provisional. Luego, con una sensación de incredulidad, reconoció al primer ministro que estaba de pie, con la boca de par en par, al lado de Herod Sayle.

Alex colgaba en el aire, oscilando al extremo del paracaídas. Mientras las últimas piezas de cristal caían y se hacían pedazos contra el suelo de terracota, el movimiento y el sonido regresó al Salón Este de forma progresiva.

Los hombres de seguridad fueron los primeros en reaccionar. Anónimos e invisibles si era necesario, de repente estuvieron por todas partes, surgiendo desde detrás de las columnatas, de debajo de las plataformas de televisión, corriendo por el puente verde, empuñando armas con manos que estaban vacías un segundo antes. Alex también había sacado su pistola del cinturón de su pantalón militar. Puede que tuviese tiempo de explicar por qué estaba allí antes de que Sayle o el primer ministro activasen el Stormbreaker. Pero lo dudaba. Dispara primero y pregunta después es un tópico en las películas baratas. Pero incluso las malas películas a veces tienen razón.

Vació el cargador.

Las balas resonaron por toda la estancia, sorprendentemente estruendosas. La gente estaba gritando ahora, los periodistas golpeándose y empujando mientras luchaban por ponerse a cubierto. La primera bala se perdió. La segunda dio en la mano al primer ministro, que tenía los dedos a menos de un centímetro del ratón. La tercera impactó en el ratón y lo hizo pedazos. La cuarta dio en una conexión eléctrica, destrozando el enchufe y provocando un cortocircuito. Sayle se había lanzado hacia delante, dispuesto a accionar él mismo el ratón. Las quinta y sexta balas lo alcanzaron.

Apenas hubo disparado la última bala, Alex dejó caer la pistola, que resonó contra el suelo de abajo, y alzó las palmas de las manos. Se sentía ridículo, colgando allí del tejado, con los brazos en alto. Pero ya había una docena de armas apuntándole y tenía que demostrarles que ya no estaba armado y que no necesitaban disparar. Aun así, se preparó para lo peor, esperando que los agentes de seguridad le disparasen. Podía casi imaginar la salva de balas impactando contra su cuerpo. Hasta donde ellos sabían, era alguna especie de terrorista suicida que se había lanzado en paracaídas sobre el Museo de Ciencias y disparado seis balas contra el primer ministro. Era parte de su trabajo matarlo. Habían sido entrenados para ello.

Pero las balas nunca llegaron. Todos los agentes de seguridad estaban equipados con auriculares y, desde la primera fila, la señora Jones había tomado el control. En cuanto había reconocido a Alex había comenzado a hablar a toda prisa por el broche. *¡No disparen! Repito: ¡No disparen! ¡Esperen órdenes!*

Sobre la plataforma, un penacho de humo gris se alzaba desde la parte trasera del Stormbreaker roto e inservible. Dos agentes de seguridad habían llegado hasta el primer ministro, que se agarraba la muñeca, con la sangre goteándole desde la mano. Los periodistas habían comenzado a preguntar a gritos. Las cámaras fotográficas estaban disparando los flases y las cámaras de televisión también habían comenzado a girar para enfocar a la figura que se balanceaba en lo alto. Más guardias de seguridad se dirigían a cerrar las salidas, siguiendo órdenes de la señora Jones, mientras Alan Blunt miraba, por una vez arrancado de su imperturbabilidad.

Porque no se veía rastro de Herod Sayle. El dueño de Sayle Enterprises había recibido dos tiros, pero de alguna forma había desaparecido.

YASSEN

—Pusiste las cosas un poco difíciles al disparar al primer ministro —había dicho Alan Blunt—. Pero, visto lo visto, hay que felicitarte, Alex. No solo has cumplido nuestras expectativas. Las has sobrepasado con creces.

Era última hora de la tarde del día siguiente y Alex estaba sentado en la oficina de Blunt en el edificio del Royal & General, en Liverpool Street, preguntándose por qué, después de todo lo que había hecho, el jefe del MI6 tenía que parecer un director de un colegio público de segunda dándole buenas notas. La señora Jones estaba sentada a su lado. Cuando le ofreció un caramelo de menta, Alex se lo había rechazado, aunque ya estaba empezando a comprender que esa iba a ser toda su recompensa.

Ella habló por primera vez desde que Alex entrase en la habitación.

—Puede que quieras saber cómo se han desarrollado las operaciones de lavado de imagen.

—Claro…

—Ante todo, no esperes leer la verdad de lo ocurrido en ningún periódico —comenzó—. Le hemos dado clasificación D, lo que significa que nadie está autorizado para informar de lo que ha ocurrido. Por supuesto, la ceremonia en el Museo de Ciencias había comenzado a retransmitirse, pero tuvimos la suerte de poder cortar la señal antes de que las cámaras pudieran enfocarte. Lo cierto es que nadie sabe que ha sido un adolescente de catorce años el que ha causado todo ese caos.

—Y tenemos intención de que sigan ignorándolo —murmuró Blunt.

—¿Por qué? —a Alex no le gustaba como sonaba aquello.

La señora Jones soslayó la pregunta.

—Los periódicos tienen que contar algo, por supuesto —prosiguió—. La historia será que Sayle fue atacado por alguna organización terrorista, aún sin identificar, y que está oculto.

—¿Dónde está Sayle? —preguntó Alex.

—No lo sabemos. Pero lo encontraremos. No hay lugar en la Tierra en el que se pueda esconder de nosotros.

—Vale —Alex no parecía muy convencido.

—En cuanto a los Stormbreaker, ya hemos anunciado que hay un defecto de fabricación peligroso y que la gente se puede electrocutar al encenderlos. Es incómodo para el Gobierno, claro está, pero se han recogido todos y los estamos trayendo hacia aquí en estos momentos. Por suerte, Sayle estaba tan enloquecido que los programó de forma que el virus de la viruela solo podía ser liberado por el primer ministro en el Museo de Ciencias. Conseguiste destruir el disparador, así que ni siquiera los pocos estudiantes que han tratado de encender sus ordenadores han resultado afectados.

—Estuvo muy cerca —dijo Blunt—. Hemos analizado un par de muestras. Son letales. Peor aún que las armas de destrucción masiva que tenía Iraq en la Guerra del Golfo.

—¿Saben quién se las suministró? —preguntó Alex.

Blunt carraspeó.

—No.

—El submarino que yo vi era chino.

—Eso no significa necesariamente nada. —Resultaba patente que Blunt no quería hablar del tema—. Puedes estar seguro de que haremos las pesquisas necesarias...

—¿Qué hay de Yassen Gregorovich? —preguntó Alex.

La señora Jones tomó el relevo.

—Hemos clausurado la planta de Port Tallon —respondió—. Ya hemos arrestado a la mayor parte del personal. Por desgracia no hemos podido hablar con Nadia Vole, ni con el hombre que tú conociste con el nombre de señor Grin.

—Ese no hablaba nunca mucho —repuso Alex.

—Fue una suerte que su avión se estrellase en un solar —prosiguió la señora Jones—. Nadie resultó muerto. En cuanto a Yassen, imagino que se habrá esfumado. Por lo que nos has dicho, resulta patente que no trabajaba para Sayle. Trabajaba para la gente que estaba detrás de Sayle... y dudo que estén muy complacidos con su actuación. Lo más seguro es que Yassen esté ya al otro lado del mundo. Pero puede que algún día, tal vez, lo encontremos. Nunca dejaremos de buscar.

Se hizo un largo silencio. Al parecer, los dos jefes de espías ya habían dicho cuanto tenían que decir. Pero había una cuestión que nadie había abordado.

—¿Qué va a pasar conmigo? —preguntó Alex.

—Volverás al colegio —respondió Blunt.

La señora Jones cogió un sobre y se lo tendió a Alex.

—¿Un cheque?

—Es una carta de un médico, explicando que has estado fuera tres semanas, afectado de gripe. Una gripe muy virulenta. Y, si alguien indaga, se encontrará con que es un médico real. No tendrás ningún problema.

—Seguirás viviendo en la casa de tu tío —dijo Blunt—. Esa ama de llaves tuya, Jack Loquesea, cuidará de ti. De esa forma podremos localizarte si te necesitamos de nuevo.

Si te necesitamos de nuevo. Esas palabras estremecieron a Alex más que nada de lo que le había ocurrido durante las últimas tres semanas.

—Tiene que estar de guasa —dijo.

—No —Blunt lo observó con bastante frialdad—. No es mi costumbre hacer bromas.

—Lo has hecho muy bien, Alex —dijo la señora Jones, tratando de parecer más conciliadora—. El primer ministro en persona nos ha pedido que te demos las gracias. Y lo cierto es que puede ser útil emplear a alguien tan joven como tú…

—Tan dotado como tú… —medió Blunt.

—… disponible para misiones cada cierto tiempo —ella alzó una mano para impedir cualquier protesta—. No hablemos de eso ahora —dijo—. Pero si se presenta otra contingencia, puede que nos pongamos en contacto contigo para hablar.

—Claro. Seguro —Alex paseó la mirada de uno a otro. Esa era gente que no aceptaba un no por respuesta. En su estilo, eran tan agradables como el señor Grin—. ¿Me puedo ir?

—Claro —dijo la señora Jones—. ¿Quieres que te lleven a casa en coche?

—No, gracias —Alex se incorporó—. Ya me las apañaré.

* * *

Debiera haberse sentido mejor. Según bajaba en el ascensor hasta la planta baja, se le ocurrió que había salvado a miles de chicos de colegio, había vencido a Herod Sayle y no había resultado muerto o malherido. ¿Por qué se sentía desdichado? La respuesta era simple. Blunt lo había obligado a entrar en eso. Al fin y al cabo, la diferencia entre James Bond y él no era una simple cuestión de edad. Era un tema de lealtad. Antiguamente, los espías hacían su trabajo motivados por su amor al país, porque creían en lo que estaban haciendo. Pero a él no le habían dado una oportunidad. En la actualidad no se empleaba a los espías. Se los usaba.

Salió del edificio, pensando en meterse en el metro, pero justo entonces pasó un taxi y lo llamó. Se sentía demasiado cansado para coger el transporte público. Echó una mirada al conductor, que se inclinaba sobre el volante, ataviado con una rebeca horrible, de factura casera, y se hundió en el asiento de atrás.

—Cheyne Walk, Chelsea —dijo.

El conductor se dio la vuelta. Empuñaba un arma. Su rostro estaba más pálido que la última vez que lo viera y el dolor producido por las dos heridas de bala se reflejaba en él, pero —aunque fuese imposible— se trataba de Herod Sayle.

—Si te mueves, *mildito* crío, te pego un tiro —dijo Sayle. Su voz era puro veneno—. Si intentas algo, te pego un tiro. Quédate sentado y quietecito. Vas a venir conmigo.

Hubo un clic, cuando las puertas se cerraron automáticamente. Herod Sayle se giró y arrancó para bajar por Liverpool Street, rumbo a la City.

Alex no sabía qué hacer. Estaba seguro de que Sayle planeaba matarlo de todas formas. ¿Para qué si no había corrido el gran riesgo que suponía presentarse en coche a las mismas puertas del cuartel general del MI6 en Londres? Pensó en tratar de abrir la puerta, intentar llamar la atención de otro coche en algún semáforo. Pero no funcionaría. Sayle se daría la vuelta y lo mataría. Aquel hombre no tenía nada que perder.

Viajaron durante diez minutos. Era sábado y la City estaba vacía. Había poco tráfico. Entonces Sayle se detuvo ante un moderno rascacielos de cristal con una escultura abstracta —dos enormes nueces de bronce sobre una peana de cemento— ante la puerta principal.

—Vas a salir del coche conmigo —le ordenó Sayle—. Tú y yo vamos a entrar en el edificio. Si estás pensando en echar a correr, recuerda que esta pistola te está apuntando a la columna.

Sayle salió primero del coche. Sus ojos no se apartaban de Alex. Alex supuso que las dos balas debían haberle impactado en el brazo y el hombro izquierdos. La mano de ese lado colgaba inerte. Pero tenía la pistola en la mano derecha. Estaba firme a más no poder, apoyada en los riñones de Alex.

—Adentro...

El edificio era de puertas batientes y estaban abiertas. Alex se encontró en un vestíbulo revestido de mármol, con sofás de cuero y un mostrador curvado. No había nadie. Sayle hizo un gesto con la pistola y Alex se dirigió hacia los ascensores. Uno estaba esperando. Entraron.

—Piso veintinueve —dijo Sayle.

Alex apretó el botón.

—¿Vamos a contemplar las vistas? —preguntó.

Sayle cabeceó.

—Haz todas las *milditas* bromas que quieras —respondió—. Seré yo quien ría el último.

Se quedaron en silencio. Alex podía sentir la presión en sus oídos mientras el ascensor subía cada vez más arriba. Sayle lo estaba observando, su brazo herido protegido en el costado, apoyándose contra la puerta. Alex sopesó la idea de atacarlo. Tal vez pudiera aprovechar el factor sorpresa. Pero no… Estaban demasiado cerca. Y Sayle estaba tenso como un resorte.

El ascensor se detuvo y las puertas se abrieron. Sayle agitó la pistola.

—Gira a la izquierda. Llegarás a una puerta. Ábrela.

Alex hizo lo que le decían. La puerta mostraba un rótulo: HELIPUERTO. Allí arrancaban unas escaleras de cemento ascendentes. Alex miró a Sayle. Este asintió.

—Arriba.

Subieron las escaleras y llegaron a otra puerta con una barra. Alex la empujó y salió. Se encontró al aire libre, a treinta pisos de altura, sobre un techo plano con una antena de radio y un alto cercado de metal protegiendo todo el perímetro. Sayle y él se encontraban al borde de una gran cruz roja. Al mirar alrededor, Alex pudo ver toda la ciudad hasta Canary Wharf. Parecía un tranquilo día de primavera cuando Alex abandonó las oficinas de la Royal & General. Pero allí arriba soplaba el viento y las nubes hervían.

—¡Lo has estropeado todo! —aulló Sayle—. ¿Cómo lo hiciste? ¿Cómo conseguiste engañarme? ¡Te hubiera vencido si hubieses sido un adulto! ¡Pero tenían que mandar a un crío! ¡Un *mildito* colegial! ¡Bueno, aún no hemos acabado! Me voy de Inglaterra. ¿Lo ves...?

Sayle agitó la cabeza y Alex se volvió para descubrir que había un helicóptero cerniéndose sobre ellos. ¿De dónde había salido? Era rojo y amarillo, un artefacto ligero, de un solo rotor, con una figura cubierta con gafas oscuras y casco a los mandos. El helicóptero era un Colibrí EC120B, uno de los más estables del mundo. Trazó un círculo sobre él, con las palas batiendo en el aire.

—¡Este es mi billete de salida! —prosiguió Sayle—. ¡Nunca me encontrarán! Y un día regresaré. Ese día no fallará nada. Y tú no podrás detenerme. ¡Ha llegado tu fin! ¡Aquí es donde vas a morir!

No había nada que Alex pudiese hacer. Sayle alzó el arma y apuntó con los ojos dilatados, las pupilas más negras que nunca, simples cabezas de alfiler en el blanco desorbitado.

Se escucharon dos estampidos sordos y secos.

Alex bajó la mirada, esperando ver sangre. No había nada. No sentía nada. Luego Sayle se tambaleó y cayó de espaldas. Había dos agujeros en su pecho.

El helicóptero aterrizó en el centro de la cruz. Yassen Gregorovich bajó.

Empuñando aún la pistola que había matado a Sayle, se acercó y examinó el cuerpo, tanteándolo con el pie. Asintió satisfecho para sí mismo, antes de apartar el arma. Había apagado el motor del helicóptero y, a sus espaldas, las palas estaban girando cada vez más despacio hasta parar. Alex avanzó. Yassen pareció fijarse en él por primera vez.

—Eres Yassen Gregorovich —dijo Alex.

El ruso asintió. Resultaba imposible decir lo que pasaba por su cabeza. Sus ojos azul claro eran inexpresivos.

—¿Por qué lo has matado? —preguntó Alex.

—Esas eran mis instrucciones —no había el más mínimo acento en su voz. Hablaba de forma calma, mesurada—. Se había convertido en un engorro. Es mejor así.

—No para él.

Yassen se encogió de hombros.

—¿Qué pasa conmigo? —preguntó Alex.

El ruso paseó la mirada sobre Alex, como calibrándolo.

—No tengo instrucciones respeto a ti.

—¿No me vas a disparar también?

—¿Es necesario?

Hubo una pausa. Los dos se miraban por encima del cadáver de Herod Sayle.

—Mataste a Ian Rider —dijo Alex—. Era mi tío.

Yassen se encogió de hombros.

—He matado a mucha gente.

—Un día yo te mataré a ti.

—Mucha gente lo ha intentado —Yassen sonrió—. Créeme. Lo mejor es que no nos encontremos de nuevo.

Regresa al colegio. Regresa a tu propia vida. Y la próxima vez que te llamen, di que no. Matar es para adultos y tú aún eres un niño.

Dio la espalda a Alex y subió al helicóptero. Las palas comenzaron a girar y, al cabo de unos segundos, el helicóptero se lanzó de nuevo al aire. Se cernió durante un momento al costado del edificio. Tras el cristal, Yassen alzó la mano. ¿Un gesto de amistad? ¿Un saludo? Alex levantó la suya. El helicóptero se alejó.

Alex se quedó donde estaba, observándolo, hasta que hubo desaparecido en la luz menguante.

Otros títulos de la colección Alex Rider

Point Blanc

Cayo Esqueleto

El golpe del águila

Scorpia

De próxima aparición

Ark Angel